KB269457

카디날 랩소디 4

송현우 판타지 장편 소설

초판 1쇄 찍은 날 § 2009년 2월 18일
초판 1쇄 펴낸 날 § 2009년 2월 27일

지은이 § 송현우
펴낸이 § 서경석

편집장 § 문혜영
편집책임 § 정서진
편집 § 이재권

펴낸곳 § 도서출판 청어람
등록번호 § 제1081-1-89호
등록일자 § 1999. 5. 31
어람번호 § 제1-1032호

주소 § 경기도 부천시 원미구 심곡2동 163-2 서경B/D 3F (우) 420-822
전화 § 032-656-4452 팩스 § 032-656-4453
http://www.chungeoram.com
E-mail § eoram99@chollian.net

ⓒ 송현우, 2008

ISBN 978-89-251-1698-3 04810
ISBN 978-89-251-1219-0 (세트)

송현우 판타지 장편 소설

4

A cardinal is a high-ranking priest in the Catholic church. N-COUNT. N-TITLE In 1448,
Nicholas was appointed a cardinal... Guardian They were encouraged
by a promise from Cardinal Winning. changed for Cobuild3 2
A cardinal rule or quality is the one that is considered to be...

Rhapsody Of Cardinal

FANTASY FRONTIER SPIRIT

카디날 랩소디

[아젠투어]

도서출판
청어람

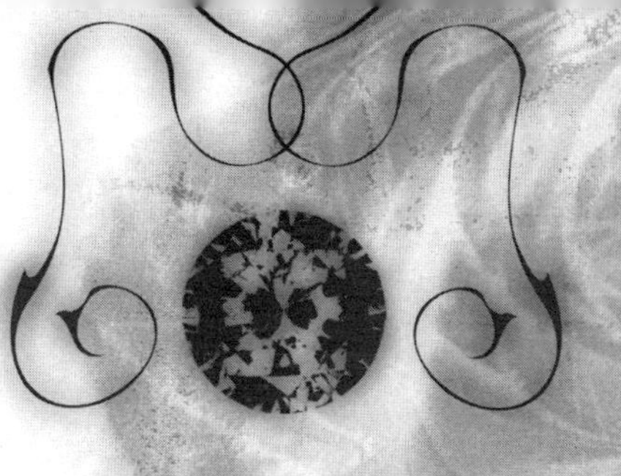

Chapter

Prolog 7

Chapter 1 11

Chapter 2 37

Chapter 3 61

Chapter 4 83

Chapter 5 105

Chapter 6 133

Chapter 7 161

Chapter 8 189

Chapter 9 213

Chapter 10 237

Chapter 11 263

Chapter 12 287

뭐라고?

밤새 이야기한 내용이 고작 산에 올라갔다가 내려온 게 전부라고?

하아……!

…….

…….

말 시키지 마라.

아, 말 시키지 말라니까 그러네.

…….

그래, 더 이상은 얘기하고 싶지 않다.

네놈이 말하는 '고작' 산에서 벌어진 일이야말로 오늘날의 그 양반을 만든 계기가 된 것임을 그렇게도 모르겠냐?

영웅이란 게 말이야.

자고 일어났더니 몸 안에 주체 못할 힘이 넘쳐흐르게 되었다고 해서 거저 되는 건 줄 아냐고?

수박 겉 핥기 식으로 이야기를 듣는 네놈에게 더 말하고픈 마음이 없다니까.

모리엔트의 위기로 인해 그 양반의 활약이 시작된 정도는 안다고?

아이쿠야!

평생을 한량으로 살아온 사람이 갑자기 세상이 위기에 닥쳐온다고 해서 영웅으로 돌변할 거라 생각하는 거냐?

난 지금 과장되고 헛된 영웅 이야기를 하는 게 아니라고.

생각을 해봐라.

만약 네가 지금 세상에 닥쳐올 위기에 대해 알았다고 쳐봐.

당장 무슨 수를 쓸 수 있겠냐?

여기저기 떠들어봐야 미친놈 취급이나 당하고 말걸?

네 말을 믿어주는 사람이 몇이나 되겠냐?

그중에 대륙의 정세를 바꿀 수 있는 사람은 있냐?

세상이 그렇게 만만하게 돌아가는 게 아니야.

쯧쯧, 허송세월 보내며 여자만 죽자고 꼬셔대던 그 양반도 그 정도는 알았다.

허구한 날 말도 안 되는 영웅담이나 듣고 다녔으니 머릿속에 현실감이란 게 완전히 사라진 거지.

　네놈은 그저 한숨 자고 일어났더니 갑자기 세상에서 제일 강해지고,
그 힘으로 닥치는 대로 때려 부수는 이야기만 재밌지?
　역시 넌 자격증이나 따둬라.
　그게 밥 먹고살 길이다.
　뭐?
　더 들어본다고?
　흠, 흠!
　너…… 이번이 정말 마지막이다.
　한 번만 더 내 이야기에 토 달면 그땐 진짜 끝이야?

Chapter 1

Rhapsody Of Cardinal

1

홍조가 가득 차오른 상기된 얼굴의 브리올렛.

숨소리가 거칠어진 것을 보니 꽤 급하게 뛰어갔다 온 모양이다.

브리올렛이 어디론가 달려갔다가 들고 온 것은 길쭉한 직사각형 상자였다. 칠보에 자개로 장식된 상자에는 먼지 한 톨, 지문 하나 묻어 있지 않았는데, 상자의 가격만 해도 엄청나 보였다.

"이거라면 마령의 집이 되어줄 수 있을 거예요."

브리올렛은 자신감 넘치는 표정으로 상자를 내밀었다.

"이게 뭔데요?"

샤렌의 질문에 브리올렛은 대답 대신 내밀었던 상자의 뚜껑을 열었다.

상자는 자주색 공단으로 덧대어진, 품격있어 보이는 내부를 뽐내듯 드러냈다.

그 안쪽에는 은은한 광택이 흐르는 가죽 끈이 곱게 접혀 있었다. 가죽의 표면이 울퉁불퉁한 것으로 보아 악어 같은 대형 파충류의 것 같았다.

내용물을 확인한 샤렌은 고개를 갸웃거렸다.

"이건 옷을 조이는 허리띠 아닌가요?"

얼핏 봐도 지금 자신의 옷에 둘둘 감아 허리 부분을 조이는 띠와 같은 용도로 사용되는 물건으로 보였다.

브리올렛이 싱긋 웃은 다음 말했다.

"맞아요. 대륙 최고의 허리띠죠. 이름도 거창하게 용을 잡는 허리 띠, 금룡대(擒龍帶)라는 거예요."

자부심 넘치는 브리올렛의 표정을 보긴 했지만, 샤렌으로서는 그녀의 행동을 납득하기 힘들었다. 보관 상태도 그렇고 이름까지 붙여질 정도면, 대단한 물건이라는 것은 어림짐작할 수 있었다.

하지만 그 용도가 너무나 분명하지 않은가?

"허리띠를 도집으로 쓰라고요?"

"금룡대는 그냥 허리띠가 아니에요."

브리올렛은 샤렌이 이해를 하지 못하는 상황을 오히려 즐기는 듯했다.

"이건 신룡(神龍)의 가죽으로 만들어진 물건이라고요!"

"용?"

샤렌은 설마 그녀가 진짜 용을 언급하고 있는 것인가 하는 의문이 들었다.

"뭐… 실제로 용을 본 사람은 없고, 금룡(擒龍)이라는 이름처럼 용을 사로잡을 수 있는지 확인은 불가능하지만 적어도 용에 필적하는 신수(神獸)의 가죽인 것은 분명해요."

실재하는 용을 본 인간은 전무했다. 브리올렛 역시 그걸 알고 있어 한 걸음 물러섰다. 샤렌에게 허풍을 떠는 여자로 보이고 싶지 않았던 것이다.

"흐음……."

샤렌은 낮은 신음을 냈다. 그의 신음은 브리올렛의 우려처럼 용의 존재를 불신하기 때문은 아니었다. 모리엔트의 이종족을 제 눈으로 확인한 샤렌이다.

더불어 서천의 군대가 파괴하고자 하는 결계를 친 게 바로 고룡 아르고스였다.

따라서 샤렌이야말로 인간 세상의 그 누구보다 용의 실존에 근접했던 자라 할 수 있었다.

"용의 가죽이든 아니든 이 허리띠는 정말 대단하다니까요. 한번 볼래요?"

샤렌의 신음 소리를 자신의 말을 믿지 않아서라고 생각했는지 브리올렛이 빠르게 말을 이어 붙였다.

그녀는 상자 안에서 금룡대를 꺼내 들었다.

그리고는 밑으로 길게 늘어진 금룡대를 향해 말했다.

"금룡, 경(硬)!"

늘어져 출렁이던 금룡대의 움직임이 멎었다.

브리올렛은 손목을 뒤집었다.

그러자 금룡대가 수직으로 꼿꼿이 섰다. 마치 직사각형의 긴 막대와 같은 모습이 된 것이다.

브리올렛은 금룡대를 샤렌을 향해 살짝 흔들어 견고하게 선 모양새를 보여준 다음, 수평으로 뉘여 허리춤에 가져다 댔다.

이어 그녀가 다시 말했다.

"금룡, 요(繞)!"

휘리릭.

브리올렛의 호언장담처럼 신기한 장면은 연속되었다. 꼿꼿하던 허리띠가 마치 살아 있는 뱀처럼 스스로 움직여 그녀의 허리를 휘감은 것이다.

샤렌의 표정을 살핀 브리올렛은 거 보라는 듯 턱을 살짝 올렸다.

"놀랄 것은 이것뿐이 아니에요. 이 허리띠는 아버님의 청풍으로도 베어지지 않았어요. 뭐, 아버님께서 전력을 다해 잉크라를 운용하셨다면 결과는 달랐겠지만… 어쨌든 이걸 허리에 두르면 적의 검에 배가 뚫리는 일은 거의 없다고 봐야 할 정도예요.”

“이런 물건을 가졌으면서 왜 착용하고 다니지 않았던 거예요?”

암습의 위험에 노출되어 있는 브리올렛이었다. 무구에 손상이 가지 않는 허리띠라면 안전에 큰 도움이 될 터였다.

“쳇! 나보고 매일 똑같은 허리띠만 하고 다니라는 거예요? 그리고 누군가 내게 검을 휘두를 기회를 갖게 된다면 이깟 허리띠 따위는 아무 도움이 되질 않는다고요.”

브리올렛의 말이 옳았다. 암습자가 그녀의 복부에 검이 닿을 위치에 이르렀다면, 그것으로 이미 운명은 결정 난 것에 다르지 않았다. 설령 허리띠로 보호받는 부위에 검이 들어가지 않는다 해도 그녀를 죽일 방법은 많았던 것이다.

“금룡, 치(褫)!”

브리올렛이 다시 한마디를 하자 허리띠는 ‘스르르’ 하며 풀렸다.

“어때요? 이 정도라면 마령의 검집 역할을 톡톡히 하겠죠?”

“아마도…….”

샤렌이 고개를 끄덕이자, 브리올렛이 환한 표정을 짓고는 금룡대를 내밀었다.

“이거, 선물로 줄게요.”

“에? 파티를 위해 잠시 빌릴 수는 있지만, 이렇게 귀한 물건을 함부로 받을 수는 없죠.”

샤렌은 고개를 저어 사양했다.

“함부로… 라뇨? 제 생명의 은인인데 이 정도야 아무것도 아니죠. 게다가 이건 샤렌님이 아니라 마령한테 주는 선물이라고요. 저런 엄청난 보구가 집도 없이 천 쪼가리에 둘둘 싸여 있는 게 불쌍하지도 않아요?”

“……”

“일단 한번 마령에게 입혀봐요. 감길 때 요령껏 마령을 움직여야 할걸요.”

마지못해 브리올렛에게서 허리띠를 받아 든 샤렌은 다른 한 손에 마령을 들고 나직하게 말했다.

“금룡, 요!”

마령은 살아 있는 뱀처럼 마령을 감아갔다.

“흠……!”

샤렌은 눈살을 찌푸렸다. 원을 그리며 감기는 금룡대의 속도가 제법 빨라 마령을 움직이는 게 늦자 중간 부분에서 겹쳐 감겨 버린 것이다.

“헤헷! 연습이 좀 필요하겠군요.”

브리올렛은 샤렌의 실수를 보며 웃음을 터뜨렸다.

샤렌은 금룡대가 감긴 채 마령을 뽑아봤다. 마령의 날이 훑고 지나갔음에도 금룡대는 멀쩡한 모습이었다. 확실히 마령의 도집으로써 손색이 없는 재질이랄 수 있었다.

이후, 샤렌은 두세 번의 실패 끝에 금룡대를 이용해 마령을 완벽하게 휘감을 수 있었다.

"금룡, 경!"

샤렌의 외침에 따라 금룡대는 마령을 휘감은 그 모습 그대로 딱딱하게 굳었다.

"호! 이제야 제대로네요! 가죽의 광택이 제법 도의 손잡이와 잘 어울려요."

브리올렛은 만족스러운 표정을 지었다. 마령이 제 모양을 갖춰선지 아니면 그걸 옆구리에 차게 될 샤렌의 모습이 만족스러운 건지 알 수 없었다.

"아버님 말씀에 의하면 금룡대는 원래 허리띠가 아닐지도 모른대요."

샤렌은 고개를 끄덕여 브리올렛의 말에 동의했다. 고작 편하게 허리를 두르고자 이런 재질에 특별한 기능까지 부여했다고 보기에는 무리가 있었던 것이다.

"허리띠라기보다는 무구였을 가능성도 있겠네요."

"아! 우리 오라버니도 그런 말씀을 하셨어요. 다루기는 어렵겠지만 채찍이나 둔기로 사용해도 어지간한 보구보다 훨씬 나을 거라고요."

"어쨌든 과분한 선물을 받았네요."

"과분하긴요. 여러모로 이 물건은 샤렌님과 더 인연이 깊은 걸요."

"인연?"

"아버님 말씀에 의하면 금룡대는 샤렌님의 고향에서 왔대요. 그쪽에 있는 마법사라는 사람들이 아니고선 금룡대가 혼자 움직일 수도 없을뿐더러, 이렇게 반듯하게 잘라내기도 힘들었을 거라는데요?"

"그렇군요."

맨손에서 불길을 만들어내고 얼음을 얼리는 마법이다. 자신 또한 하온을 이용해 폭발을 일으킬 수 있었다.

그러니 마법이라면 물건에 신기한 기능을 부여하는 것도 불가능한 일은 아니리라.

'이 정도 되니까 트라시아에서 그토록 경계를 했던 건가?

마령을 감싸 도집이 된 금룡대를 보며 잠시 샤렌은 마법이 재조명을 받을 필요가 있다는 생각을 했다.

2

브리올렛이 파티를 개최하는 데 능숙하다는 걸 인정할 수밖에 없었다. 며칠에 걸쳐 준비한 것도 아닌데 메르타 가의 임시 숙소는 제법 모양새를 갖춰 손님을 맞이할 준비를 갖췄다. 어디선가 실내악단까지 불러 경쾌한 남부 대륙의 음악이 흘러나오니 돈독한 친분의 손님을 받기에는 부족함이 없었던 것이다.

샤렌의 눈에 낯선 얼굴들이 보였다. 요리사나 시종 복장을 한 낯선 인원들은 남부식 고급 레스토랑인 카페시아의 직원들이라고 했다.

메르타 가문이 발카리안에서 데려온 요리사와 시종만으로는 반나절 만에 파티를 준비하는 데 무리가 있었다.

이에 브리올렛은 수단을 발휘했다. 카페시아의 직원들을 고용해 파티 준비를 돕도록 한 것이다.

저녁 시간이 되자 하나둘씩 손님이 들어서기 시작했다.

한눈에도 고급스러운 옷을 갖춰 입은 사람들이 호위와 시종을 거느리고 입장하기 시작했다. 대부분 브리올렛과 비슷한 또래였으며, 간혹 샤렌과 비슷한 연배의 사람들 모습도 보였다.

친교가 있는 사람끼리의 파티여서인지, 원래 남부의 방식인지는 몰라도 입장할 때 가문과 이름을 알리는 소개는 없었다.

대신 브리올렛이 입구에 서서 입장하는 손님 하나하나를 반기는 인사를 건넸다. 남부 지방 특유의 인사를 주고받는 브리올렛은 평소와 달리 조신하기만 했다.

그때, 한 남자가 입구에 들어섰다. 다른 이들과 달리 시종도, 호위도 거느리지 않고 홀로 입장한 것이다.

그는 짙은 갈색 머리에 구릿빛 피부, 두껍고 진한 눈썹과 서글서글한 눈매가 인상적인 청년이었다. 풍성한 남부 지방 특유의 복식을 갖췄음에도 다부지고 단단한 몸매가 드러나 보였다.

"이거… 초대받지 않은 손님도 참석이 가능한가?"

싱긋.

건강해 보이는 미소와 함께 남자가 고개를 갸웃거렸다.

그를 발견한 브리올렛이 지금껏 조신했던 모습은 간데없이 폴짝 뛰어 달려들었다.

"꺄악! 카르틴 오라버니!"

"하하하핫!"

카르틴이라 불린 남자는 호탕한 웃음과 함께 한 손으로 브리올렛을 받아 들었다. 나이에 비해 키가 큰 편인 브리올렛이었으나 건장한 카르틴에 매달리니 작게만 보였다.

"언제 엔살룸에 오신 거예요?"

카르틴의 한 팔에 매달린 채로 브리올렛이 물었다.

"조금 전에 왔어. 우리 꼬마 아가씨가 파티를 연다는 말에 짐 풀자마자 달려왔지. 비록 초대장은 받지 못했지만 말이야."

매달린 모양새로 묻는 사람도, 답하는 사람도 스스럼이 없었다. 그만큼 친밀한 사이라는 뜻이었다.

"헤헷! 엔살룸에 오신 줄 알았으면 당연히 초대를 했죠."

브리올렛은 특유의 깜찍한 표정과 함께 혀를 날름 내밀며 말했다.

"하하하핫!"

팔에 안긴 브리올렛이 귀여워 어쩔 줄을 모르겠다는 듯 카르틴이 웃음을 터뜨렸다.

그때 두 사람의 귀에 혀 차는 소리가 들렸다.

"쯧쯧!"

브리올렛과 카르틴의 고개가 동시에 돌아간다.

입구에 화려하기 짝이 없는 의상을 갖춰 입은 여자 둘이 보였다.

끝이 약간 올라간 눈이 약간 신경질적으로 보이는 미소녀와 그녀보다 키가 조금 크고 얌전해 보이는 소녀였다.

"사람들을 초대해 놓고 남자에게 매달린 채로 손님을 반기다니. 그것도 다 큰 숙녀가 말이야."

혼잣말처럼 중얼거리는 미소녀였으나 브리올렛과 카르틴의 귀에 들리기에는 충분했다.

"흠, 흠!"

카르틴은 그제야 자신이 브리올렛을 안아 들고 있다는 사실을 깨달았는지 은근슬쩍 그녀를 내려놓았다.

"난 너를 초대한 기억이 없는데, 미르안?"

브리올렛은 턱을 치켜든 채 오연한 표정으로 말했다.

"아, 뭐, 여기 로지에가 함께 가자고 졸라서 말이야. 그렇지, 로지에?"

미르안은 고개를 돌려 로지에라 불린 얌전한 외모의 소녀에게 물었다.

"으, 응."

그저 질문에 답하는 데도 부끄러운지 로지에는 살짝 얼굴을 붉혔다.

로지에의 대답을 확인한 미르안이 거 보라는 듯 도도한 표정으로 말했다.

"나라고 남자에게 안겨 손님을 맞는 애가 주최하는 파티에 오고 싶었겠어?"

미르안은 계속해 브리올렛이 카르틴의 품에 안겨 있던 것을 물고 늘어졌다.

이에 카르틴이 나섰다.

"하핫! 내가 너무 오랜만에 브리올렛을 봐서 반가운 마음에 그만. 이제는 어엿한 숙녀가 되었다는 사실조차 잊고 말았네."

순박한 웃음과 함께 뒤통수를 긁으며 브리올렛을 대신해 변명하는 카르틴이었다.

"반가워서 반가운 걸 표현하는 게 뭐가 어때서 그래요, 카르틴 오라버니? 전 누구처럼 내숭 떠는 건 질색이라고요."

브리올렛은 위축되지도, 물러서지도 않았다.

"게다가 친구에게 모든 책임을 넘기는 뻔뻔스러움도 없고 말이에요.”

브리올렛은 미르안과 로지에를 번갈아 보며 말을 덧붙였다.

미르안의 고운 눈썹이 상큼 위로 치켜 올라갔다.

“누가 핑계를……!”

“아! 베로이가 왔네.”

미르안이 채 말을 끝내기도 전 브리올렛의 시선이 다른 쪽으로 향했다. 호위병을 거느리고 들어서는 한 소녀를 향해서였다.

“뭐… 기왕 온 거니까 받아줄게, 미르안! 로지에, 즐거운 시간 보내!”

브리올렛은 미르안에게는 도도하기 짝이 없는 표정으로, 로지에에게는 부드러운 미소를 지어주면서 말을 마쳤다.

그리고는 미르안이 뭐라 하기도 전에 몸을 움직였다.

막 고운 입술을 벌려 한마디를 쏘아붙이려던 미르안은 아랫입술을 깨물며 말을 삼켜야 했다. 브리올렛의 뒤통수에 대고 언성을 높이는 교양없는 행동은 하고 싶지 않았던 것이다.

게다가 몇 걸음을 옮긴 브리올렛은 이미 베로이라는 소녀와 꺅꺅대며 반갑다고 소란을 떠는 중이었다. 일부러 저러는 것이다. 자신의 말을 귀에 담을 리 없었다.

“흥! 저 천박한 행동은 정말이지, 어쩔 수가 없네.”

미르안은 그렇게 로지에에게 한마디를 하는 걸로 일단의 분을 삼켰다. 파티는 이제 시작이었고, 밤은 길었다. 지금의 수모를 돌려줄 방법은 이미 그녀의 머릿속에 확실히 자리 잡고 있었다. 서두를 필요는 없는 것이다.

3

콰앙!

어깨가 절로 움츠려드는 소리는 책상에서 울려 퍼졌다. 커다란 소리로 봐서는 진동으로 인해 책상 위의 물건들이 제자리를 잃고도 남을 정도였으나, 실제로는 아무런 변화도 없었다. 마치 책상 스스로 고함을 지른 듯 위쪽의 물건에는 미미한 진동조차 전해지지 않은 것이다.

책상 옆에 서 있는 가라딘은 저도 모르게 어깨를 으쓱했다. 방금 전 책상을 내려치는 동작 하나만으로도 즈바라의 경지를 엿볼 수 있었기 때문이다.

'이게 직계라는 거겠지.'

별다른 의도도 없을 텐데 저렇듯 아무렇지도 않게 절정의 수법을 펼칠 수 있다는 것.

이는 역시 직계에게만 전해지는 비전 때문이리라.

"빌어먹을 암가의 개들 같으니라고! 한 번 실패한 후에는 코빼기도 안 보인다는 건가?"

사자(獅子)의 그것을 연상시키는 즈바라의 위맹한 두 눈이 불을 뿜어냈다.

가라딘은 재빨리 고개를 숙였다.

"아무래도 뭔가 이상이 생긴 듯합니다. 성공할 때까지 절대로 목표를 포기하지 않는 암혼들인데……."

"놈들이 눈치챈 것은 아닌가?"

즈바라의 질문에 가라딘은 고개를 가로저었다.

"그럴 리 없습니다."

가라딘은 공손하면서도 단호하게 부정했다.

"특별한 계기가 될 만한 것이 없습니다. 놈들이 '아젠투어의 반려'에 대해 아는 바가 있었다면 애초 의뢰를 수락하지도 않았을 것입니다."

"흠……."

신음을 흘린 즈바라는 양손을 깍지 끼어 턱 부분에 가져다댔다. 뭔가를 진지하게 생각하는 듯한 태도였다.

그런 즈바라를 바라보는 가라딘의 입매가 살짝 비틀렸다가 제자리로 돌아왔다. 누군가 봤다면 잠시간 조소를 머금었다고 생각했을 그런 표정을 감춘 것이다.

"메르타 가에서도 이번 일로 인해 호위 강화에 잔뜩 신경을 쓰고 있을 것입니다. 제아무리 암혼이라 해도 명가의 직계를 타깃으로 한 이상, 조심스러울 수밖에 없지 않겠습니까?"

"놈들이 또 다른 기회를 노리기 위해 자중하는 중이란 말인가?”

　“명가의 혈통을 물려받았다는 것은 언제나 암습에 노출되어 있다는 뜻이지요. 손이 귀한 메르타 가이니만큼 특히 그 정도가 심했을 것입니다. 그럼에도 잉크라를 운용할 수 없는 계집아이가 여태껏 무사하다는 것은…….”

　“하긴, 그만큼 암습에 대한 대비가 철저하다는 거지. 결국 제아무리 발키리안의 촌놈들이라 해도 명가는 명가! 계집을 죽이는 것이 암가의 개들에게는 쉬운 일이 아닐 거야.”

　마치 자신이 모든 것을 생각한 듯 마무리를 짓는 즈바라였다.

　가라딘은 이와 같은 일에 익숙한지 별다른 기색 없이 말을 이어갔다.

　“사실 제가 가주께 저들에 대해 아뢴 이유는 실패나 재시도에 대한 문제가 아니라 저들의 보고가 원활치 않다는 데 있습니다.”

　말 그대로 문제는 바로 거기에 있었다. 차후의 계획이야 알려오지 않는 게 원칙이라 해도, 실패에 대한 보고는 있어야만 했다. 저들의 실패가 보고가 아닌 자신들의 정보망을 통해 들어왔다는 사실 자체가 문제였던 것이다.

　“차라리 혈맹에 공표를 해버릴 것을…….”

　즈바라는 못마땅한 기색을 드러냈다. 이 일의 처리에 대해 후회하고 있는 것이다.

가라딘의 입매가 다시 한 번 비틀렸다. 폭급한 성격만큼이나 지난 일에 대해 미련을 갖는 가주였던 것이다.

하지만 그에 대해 비판할 입장이 아니었기에 가라딘의 입술 끝은 금세 제자리를 찾았다.

"가주께서 명암록(明暗錄)에 대해 공표하신다는 것은 곧 암가의 전설을 인정하신다는 뜻이 됩니다. 다른 혈맹의 비난은 물론, 민심이 저들을 향해 움직일 수도 있습니다. 성전을 코앞에 둔 지금에 있어서는 반드시 피해야 할 일입니다."

"그렇다고 꼭 우리 가문에서 이 일에 대해 전적으로 책임을 질 필요는 없지 않은가 말일세. 만약 명암록의 내용이 사실이라면 손해는 모두가 보지 않는가?"

찌푸린 얼굴 그대로 즈바라가 말했다.

편협한 사고의 발로가 고스란히 표현되는 한마디였다. 가라딘은 애써 내심을 감췄다.

"그 손해는 저희도 피해갈 수 없는 것입니다."

가라딘은 모두가 같이 손해를 본다고 해서 앉아서 당할 수는 없다는 이야기를 조심스레 짚었다. 이런 이야기를 당당히 할 수 없는 자신의 신세에 한탄하면서.

"좋아! 그까짓 거, 어차피 일이 벌어지면 우리도 손실을 본다고 치지."

즈바라는 마치 선심을 쓴다는 듯한 표정으로 말을 이어갔다.

"또 우리가 남부 대륙의 미래에 대해 책임을 진다고 치자고. 하지만 이번 일이야말로 사람 좋은 척 실실거리는 막수스를 궁지로 몰아붙일 기회가 아닌가? 이런 기회를 맞고도 남들이 알까 쉬쉬하고 있어야 한다니……."

예상했던 대로 가주가 서두르는 이유는 전적으로 메르타 가의 수장 막수스 때문이었다. 한시라도 빨리 그를 바닥으로 끌어내리고 싶은 것이다. 그 속내가 훤히 보였지만 가라딘은 애써 외면했다.

"명가들 사이에서 메르타 가의 인망은 두텁습니다. 단지 막수스의 딸이 잉크라를 익히지 못하는 체질이라는 이유만으로 혈맹에 명암록의 내용이 사실이라 입증할 수는 없을 겁니다."

"명암록을 공개하는 사람이 바로 나인데도?"

즈바라의 짙은 눈썹이 하늘을 향해 솟구쳤다. 자존심이 상한 것이다.

그가 왜 저런 반응을 보이는지 가라딘은 잘 알고 있었다. 사실 가문 대 가문만을 놓고 보자면 메르타 가는 애초 비교의 대상조차 안 된다. 즈바라가 다스리는 영지나 군사력이 메르타 가의 수십 배는 될 터였다. 일단 즈바라는 명천팔대가문(明天八大家門)의 가주인 것이다.

"그게 오히려 문제가 될 것입니다."

"내가 공개하는 게 오히려 문제가 된다고? 감히 혈맹의 다른 가주들이 나를 무시한단 말인가?"

즈바라의 음성은 낮게 깔려 끓는 듯한 소리가 났다.

분위기가 좋지 않다는 것을 모를 가라딘이 아니었다. 이쯤에서 즈바라의 기분을 맞춰줄 필요가 있었다.

"말이 좋아 혈맹이지, 호시탐탐 서로를 잡아먹지 못해 안달인 게 혈맹의 가주들입니다. 그런 상황을 뻔히 알기에 저들의 대다수가 가주를 두려워하고 경계함을 잘 아시지 않습니까?"

무시가 아니라 두려워한다는 말에 즈바라의 표정이 살짝 누그러졌다.

"팔대가문의 상당수가 막수스를 내세워 뭉치는 것 역시 가주를 견제하기 위함입니다."

가라딘은 내친김에 즈바라를 조금 더 띄워줬다. 효과는 금세 드러났다. 분노에서 오연으로 표정을 바꾼 즈바라가 콧방귀를 뀌고 나선 것이다.

"흥! 결국 막수스는 인망을 두텁게 쌓은 게 아니라 저들의 방패막이가 되고 있을 뿐이군."

가라딘은 기가 막힐 지경이었다. 좁은 속내만큼이나 편협한 시각을 가진 즈바라였던 것이다.

'단지 직계라는 이유만으로 이런 자를 가주로 섬겨야 하다니……'

가라딘은 두 눈을 가늘게 떴다.

사실 즈바라의 폄하가 전혀 근거가 없다고 말할 수는 없다.

하지만 변방을 지배하는 가주에 불과한 막수스가 지금과 같은 영향력을 발휘한다는 것은 혈맹의 다른 가주들이 그를 방패막이로 이용하려 해서만이 아니었다.

오히려 저들이 방패막이로 자신을 인식하게끔 유도한 막수스의 정치력이 만든 결과로 봐야 했다.

하지만 가라딘은 즈바라에게 그와 같은 내용을 설명하지 않았다. 지금 막수스를 칭찬한다는 것은 일을 망치겠다는 뜻이나 다름없는 것이다.

"그들이 막수스를 내세우고 있는 한, 가주께서 주장하시는 것에 회의적일 수밖에 없습니다. 그를 잃게 되면 저들로서도 방패막이가 사라지는 셈이니까요."

"흥! 떼거리로 모여 있을 때만 큰소리를 내는 녀석들 따위의 눈치를 봐야 한다니."

"저들의 의견을 존중해 주시는 척하는 것도 얼마 남지 않았습니다. 전쟁의 발발은 기정사실에 다름이 없습니다. 그런 상황에서 가주께서 전력을 기울지 않으신다면 혈맹의 열세 또한 자명한 일이고 말입니다."

가라딘은 은은한 미소를 지었다.

반면 즈바라는 인상을 크게 찌푸렸다.

"내가 전력을 기울이지 않는다고? 저 쓸모없는 놈들에게 우리 가문이 가진 힘을 보여줄 기회를 날려 버리란 말인가?"

씨익.

가라딘의 미소가 더욱 짙어졌다.

"기회를 날려 버리는 게 아니라 잘 활용하자는 뜻입니다."

즈바라는 구겨진 인상 그대로 두 눈을 이리저리 굴렸다.

하지만 좀처럼 가라딘의 말에 담긴 뜻을 이해할 수가 없었다.

가라딘은 곧바로 자신이 말하고자 하는 바를 설명하기 시작했다. 원래대로라면 좀 더 뜸을 들이는 게 효과적일 테지만, 설득의 대상이 즈바라라면 이야기가 달랐다.

"분열된 혈맹의 힘으로 적들과 맞서 이길 수 없음을 인지시키는 겁니다. 그리고 각 가문의 주인들로 하여금 가주께 매달릴 수밖에 없는 상황을 만드는 것이지요."

"흠, 흠! 그때 나서서 우리 가문이 얼마나 대단한지 보여주자는 거로군. 좀 치사스러워서 그런 방법은 쓰고 싶지 않았는데 말이지……."

즈바라는 마치 자신도 생각을 했으나 탐탁지 않아서 실행하지 않으려 했다는 듯 말했다.

가라딘은 다시 한 번 입매를 비틀어 즈바라를 비웃어주고 싶은 충동을 억눌러야만 했다. 이번에는 즈바라의 시선이 자신을 향해 있었기 때문이다.

"말씀하신 대로 그때 저희 가문이 나서면 될 것입니다. 하지만 저들이 바란다고 해서 곧바로 움직이실 필요는 없습니다."

"그럼?"

"각 가문의 의견을 모두 존중하는 혈맹의 의사 결정은 지나치게 비효율적입니다. 전쟁이라는 특수한 상황 속에서는 어느 한 가문에서 강하게 주도해 가는 쪽이 훨씬 좋지 않겠습니까?"

"자네… 지금 혈맹의 맹주에 대해 이야기하는 건가?"

가라딘의 가늘게 떠진 두 눈은 그대로였으나, 입술만큼은 호선을 그려냈다. 즈바라에게 보이기 위한 미소를 지은 것이다.

"그렇습니다, 가주! 실로 오랜 시간 동안 공석인 맹주의 자리가 아니겠습니까?"

"당장 아쉽다고 해서 선뜻 제 머리 위에 누군가 올라서는 것을 수락할 저들이 아닐세. 게다가 설령 내가 맹주에 추대된다 해도 막수스 그놈이 가만히 있겠나?"

즈바라가 제기한 의혹에 가라딘은 기다렸다는 듯 말했다.

"딸을 잃은 아비의 운신에는 한계가 있기 마련일 것입니다. 암가의 암습에서 제 딸조차 지키지 못한 자의 발언에도 무게가 실리긴 힘들 테고 말입니다."

"……!"

"혈맹을 이끌 맹주의 자격을 누가 갖추고 있는지는 자명한 사실! 가주께서는 준비된 자리에 오르시기만 하면 됩니다."

"흠……."

즈바라는 화려한 의자에 몸을 묻었다. 눈동자가 이리저리 움직였다.

잠시 후, 그의 두툼한 입술 끝이 위쪽으로 향했다.

아마도 즈바라는 맹주가 된 자신의 모습을 떠올렸으리라고 가라딘은 생각했다.

"그렇군. 역시 명암록을 공표해 분란을 일으킨 다음에는 맹주 운운하기가 곤란하겠지."

이제야 드러내 놓고 마르타 가에 멍에를 지우는 것보다 더 나은 방법이 무엇인지 확신을 갖게 된 즈바라였다. 막수스에 관한 감정은 맹주가 된 이후에도 얼마든지 풀어낼 수 있는 것이다. 아니, 그 이후라면 훨씬 더 쉽게 막수스를 짓밟을 수 있으리라.

"네, 가주! 어차피 저희에게 주어진 시간은 충분합니다."

사실은 그렇지 않다. 성전이 발발하면 암가도 동원된다. 저들에게도 엔살룸은 성지였던 것이다.

따라서 성전 중의 암살은 불가능하다. 계획에 다소의 차질이 생기는 것이다.

하지만 대세에는, 아니, 가라딘이 목표한 바를 이루는 데는 차질이 없다. 작은 일에 연연하는 즈바라만 넘기면 될 일이었다.

"흠, 흠! 대륙의 미래를 위해서라도 우리 가문이 기울일 수 있는 모든 힘을 기울여 암가의 놈들을 재촉하도록 하게."

　제아무리 방계에 속한 친척이자 가신인 가라딘의 앞이라 해도 스스로 맹주가 되기 위해 총력을 기울이자는 말을 하기는 뭐했는지 즈바라는 대륙의 미래를 위해서라는 표현으로 대신했다.

　그 속내를 모를 가라딘이 아니었지만, 비웃음 대신 머리를 깊숙이 조아렸다.

　"대륙을 위해 이토록 고심하시고 홀로 모든 것을 감당하신 희생은 훗날 높이 추앙받게 될 것입니다. 물론 맹주가 되신 이후에 말이죠."

　가라딘의 말에 즈바라는 아무런 말도 하지 않았다. 탐욕에 젖은 미소를 감추는 데 급급했기 때문이다.

　반면 고개 숙인 가라딘은 두 눈을 매섭게 번득이며 미소를 감추지 않았다. 지금은 마음 놓고 웃어도 될 상황이었다. 물론 그의 미소는 맹주가 된 자신을 상상하는 즈바라보다 한참 더 먼 미래를 바라본 데서 기인한 것이었다.

　'신임 맹주가 승전을 위해 자신의 독자(獨子)까지 희생시킨다면 널리 알려지지 않을 수가 없는 일이지요.'

Chapter 2

1

　“**정**말 훌륭한 파티네요, 브리올렛님. 정말 고생이
많으셨어요.”

　파티가 한창인 로비의 구석진 곳에서 샤렌이 칭찬으로 말
문을 열었다.

　하지만 칭찬을 들으면 늘 밝게 웃던 여느 때와 달리 브리올
렛의 표정에는 그림자가 드리워져 있었다.

　“뭔가 마음에 걸리는 게 있나요?”

　브리올렛은 아랫입술을 살짝 깨물었다가 떼며 말했다.

　“여우 한 마리가 제 파티를 망치고 있네요.”

　샤렌은 미간을 찌푸린 채 로비의 어느 한곳을 바라보는 브리올렛의 시선을 쫓았다.

그곳에는 사람들 한 무리에 둘러싸인 미르안이 있었다.

이전에 엔살룸 관광에 나섰을 때, 미르안과 브리올렛이 나누는 대화를 들었던 샤렌이다. 서로 감정이 좋지 않다는 것을 알고 있는 만큼, 브리올렛이 무엇 때문에 분노하는지 어렴풋이 짐작할 수 있었다.

"예기치 않은 손님은 항상 찾아들기 마련이죠. 훌륭한 파티의 주최자라면 그 정도는 감안해야 하는 법이랍니다."

샤렌은 애써 준비한 파티에서 브리올렛이 우울해하는 모습을 보고 싶지 않았다.

"예기치 않은 손님이 아니라 일부러 이 파티를 망치려는 손님인 거죠."

브리올렛의 눈가에 노기가 서렸다. 단순히 티격태격하는 소녀들 간의 경쟁심과는 구분되는 표정이었다.

이에 샤렌은 다시 한 번 미르안 쪽으로 시선을 돌렸다.

그리고 신경을 써서 그녀의 주변을 살폈다.

짧은 시간 동안 미르안과 그녀의 주위를 살핀 샤렌은 묘한 현상을 발견할 수 있었다.

이에 그가 입을 열었다.

"저 아가씨 가문의 위세가 대단한가 보군요?"

샤렌의 말에 브리올렛이 고개를 돌렸다.

그녀는 눈을 동그랗게 뜨고 샤렌에게 물었다.

“올가 가문에 대해 아는 게 있나요?”

“아뇨. 남부 대륙의 가문에 대해 아는 바는 거의 없습니다.”

샤렌은 고개를 가로저었다.

“그런데 왜 그런 말씀을 하신 거죠?”

“그녀 주변에 있는 사람들, 겉으로는 하나같이 웃고 있지만 내심은 조금 다른 사람들이 보이네요.”

“에? 사람의 마음이 보여요?”

“일단 기본적으로 입은 웃고 있는데 눈은 웃지 않은 사람들이 꽤 보이니까요. 그런 경우는 대부분 진심을 감추고 있다고 볼 수 있죠.”

샤렌의 말에 브리올렛은 미르안의 주변으로 시선을 돌렸다.

과연 그녀를 둘러싼 몇몇 중에서 입가에는 미소를 머금고 있지만 눈에는 별다른 표정의 변화가 없는 사람들이 보였다.

“남자든 여자든 마음과 반대되는 말을 하는 사람들도 보이고요.”

“저 사람들 이야기가 여기서도 들리는 거예요?”

브리올렛이 두 눈을 휘둥그레 뜨고 물었다.

“하핫! 그건 아니고요. 잘 봐요. 저기 모여서 말을 하는 사람 중에서 눈가를 만지작거리는 사람들이 보이죠?”

“네.”

“남자의 경우는 눈가를 만지고 시선을 아래로, 여자의 경우는 그 반대로 시선을 위로 하고 있잖아요. 대부분 거짓말을 준비할 때 자신도 모르게 시선을 저렇게 움직이는 경우가 많답니다. 굳이 내용을 듣지 않아도 저들이 거짓말을 할 거라는 사실을 알 수 있는 거죠.”

“아!”

“물론 진짜로 저 아가씨와 가까워지고픈 사람도 보이긴 하는데, 그들 역시 팔짱을 끼거나 발의 위치를 계속해 바꾸고 있어요. 뭔가 불안하다는 거죠.”

브리올렛은 신기하다는 표정으로 샤렌의 말을 기준으로 사람들을 다시 살폈다.

“불안하거나 거짓말을 해가면서까지 저 아가씨 주변에 머물고 있다는 건 그저 얼굴이 예쁘다거나 하는 이유는 아니겠죠? 가장 쉽게 생각할 수 있는 게 저 아가씨의 배경 아니겠어요?”

“아하! 그래서 올가 가문의 위세를 물으신 거군요?”

브리올렛은 이제야 이해할 수 있다는 표정이었다.

이어 그녀가 설명을 덧붙였다.

“맞아요. 올가 가문은 명천팔대가문이라고 불리는 남부 대륙 최대의 가문에 속해 있어요. 혈맹에 속한 명가의 후손이더라도 저희 나이쯤 되면 각자의 가문에 대해서 초연하기란 힘든 법이죠.”

“저들이 브리올렛님께 쉽사리 오지 못하는 것도 미르안이
라는 아가씨 때문이군요?”

“그것도 보여요?”

브리올렛은 미르안으로 인한 불쾌감조차 잊고 커다란 눈
망울을 빛냈다. 그저 보는 것만으로 모든 것을 알아내는 듯한
샤렌이 신기하기만 했던 것이다.

“미르안이라는 아가씨의 시선에서 벗어날 때마다 대부분
브리올렛님을 힐끗거리면서 보고 있으니까요. 아마도 자리
를 벗어나 브리올렛님에게 오고 싶어도 저 아가씨 눈치가 보
이나 보네요.”

“쳇! 저 여우 같은 계집애 눈치나 보는 녀석들 따위는 저도
필요 없어요.”

다시금 미르안에 대한 이야기가 상기되자 브리올렛이 심
통 가득한 표정으로 말했다. 애초 저들이 파티의 주최자를 젖
혀두고 미르안에게 몰려든 것 자체가 못마땅했던 것이다.

“어차피 이 파티에서 샤렌님을 소개시켜 주려고 했던 건데
소개 못 받으면 지네만 손해죠, 뭐.”

아쉬울 것 없다는 식의 말이었지만, 브리올렛의 말은 진심
이라고 보이진 않았다. 여전히 미르안의 주변에 모인 사람들
에게 시선이 가 있는 모습으로 보아 미련을 버리지 못하는 것
이다.

샤렌은 빙긋 웃었다. 자신을 위해 이 같은 자리를 마련한

브리올렛이다. 그녀가 스스로 주최한 파티에 실망하는 모습을 보고 싶지는 않았다.

그는 시야를 넓게 해 로비 전체를 살폈다. 브리올렛의 기분을 풀어줄 방법을 찾기 위해서였다.

잠시 후.

샤렌의 붉은 눈이 반짝 빛을 발했다.

"저기 서 있는 남자 분도 팔대가문의 후손인가요?"

샤렌은 로비의 한쪽을 보며 브리올렛에게 물었다. 그곳에는 미르안 일행처럼 또 한 무리의 그룹이 형성되어 있었다.

"은색 모자를 쓴 사람이요?"

"네. 아무 말 없이 서 있는 그 남자 말이에요."

샤렌은 모여 있는 사람들의 중심에 서 있는 사내를 가리켰다.

"맞아요. 차이르 오라버니는 팔대가문 중 하나인 쿠마 가문의 차남이에요. 그런데 그걸 어떻게 알았어요?"

"사람들의 흐름이 보이네요. 주로 미르안이라는 아가씨와 저 남자를 중심으로 이리저리 오가는 것 같아서요."

"최근에 있어서는 올가 가문에 비해 확연한 열세지만, 유구한 전통을 자랑하는 쿠마 가문이니까요."

브리올렛이 설명을 하는 동안에도 샤렌은 차이르라는 남자에게서 시선을 떼지 않았다. 사실 브리올렛이 미르안에게 은연중에 빼앗긴 주도권을 찾아오는 것은 어렵지만도 않다.

브리올렛이 파티의 주최자인만큼 자연스레 차이르라는 사람이 있는 그룹에 끼어들면 될 일이다. 사람들은 미르안의 눈치를 보더라도 차이르를 핑계로 브리올렛과 어울릴 수 있는 것이다.

영리한 브리올렛이 그와 같은 사실을 모를 리 없었다.

한데도 이곳 한쪽에서 버티는 건 아마도 자존심 때문이리라.

자신이 연 파티인데 남의 위세를 등에 업어서 생명의 은인을 소개하고 싶지는 않을 것이 분명했다.

샤렌이 그렇게 브리올렛의 속내를 짐작할 때, 굵직한 남자의 목소리 하나가 끼어들었다.

"차이르! 늘 형한테 주눅이 들어 있어서 그렇지 제법 괜찮은 녀석인데 말이야."

"카르틴 오라버니."

브리올렛이 반색을 표했다. 미르안의 눈치를 보지 않고 자신에게 다가와 말을 걸어주는 것만으로도 기뻤다.

올가 가문을 두려워하지 않는 것은 카르틴뿐만이 아니었다. 카르틴의 옆에 키가 크고 날씬한 남방의 미녀 한 명이 더 서 있었던 것이다.

가무잡잡한 피부의 그녀는 쌍꺼풀이 없는 긴 눈을 가졌는데, 속눈썹이 풍성하고 짙어 독특한 매력을 풍겨냈다. 아쉬운 점이 있다면 얼굴 전체에 한 겹 서리를 두른 듯 냉막한 분위기가 넘쳐흐른다는 것이었다.

샤렌은 그녀의 얼굴에서 잠시 형인 케이온을 떠올렸다.

"우왓! 시바 언니, 언제 오셨어요?"

"지금 막."

시바라 불린 여인은 표정에 걸맞게 짧은 대답으로 브리올렛의 인사를 받았다.

"헤헷! 미처 입구에서 인사도 못 드렸네요."

브리올렛은 특유의 앙증맞은 표정으로 미안한 감정을 드러냈다.

"지금 했으니까 됐지 뭐."

시바는 개의치 않는다는 표정과 함께 손을 들어 브리올렛의 머리를 쓰다듬었다.

"언니는 정말 마음이 넓다니까!"

브리올렛이 시바의 팔에 매달리며 말했다.

"하핫! 냉혈독심(冷血毒心)이라 불리는 시바의 마음이 넓다고 하는 건 이 남부 대륙에서 너밖에 없을 거다."

카르틴이 기가 막힌다는 듯 웃음을 터뜨렸다.

하지만 그는 곧 머쓱한 표정으로 입을 다물었다. 날카로운 눈으로 자신을 바라보는 시바를 의식한 것이다. 그녀는 어느새 검의 힐트에 손을 얹고 당장에라도 뽑아 들 기세였다. 냉혈독심이라는 칭호를 달가워하지 않는 시바였던 것이다.

눈치 빠른 브리올렛이 카르틴을 구해주기 위해 나섰다.

"그나저나 차이르 오라버니가 자카르에 오라버니에게 주눅이 들어 있다고요?"

시바의 차가운 시선에서 벗어날 기회를 놓칠 카르틴이 아니었다. 그는 기다렸다는 듯이 대답에 나섰다.

"예전부터 그랬지. 자카르에 형님의 명성은 늘 남부 대륙에 자자하잖아. 너희 오빠인 네이탄, 그리고 발자크 형님과 어깨를 나란히 할 정도라고. 차이르의 재능도 뛰어나지만… 아무래도 천재인 형제를 둔 비애랄까? 차이르가 가진 발군의 재능조차도 평범해 보이니까 말이야."

말을 마치며 카르틴은 시바를 힐끗 바라봤다. 눈치를 보는 것이다. 방금 언급한 발자크라는 이름 때문이다. 현재 남부 대륙에서 무투의 천재로 손꼽히는 한 명인 발자크 드 오리엔이 바로 그녀의 오빠였다.

"카르틴의 말이 맞아. 확실히 천재 형제가 있다는 건 골치 아픈 일이지."

다행히 카르틴이 우려했던 바와 달리, 시바는 카르틴의 말을 무덤덤하게 받아들였다.

"흠… 난 좋기만 하던데. 하긴, 난 아예 잉크라를 못 배우는 체질이라 비교 대상 자체가 아니어서 그런가?"

브리올렛의 오빠인 네이탄 역시 발자크와 어깨를 나란히 하는 무투의 천재로 손꼽힌다. 브리올렛에게 있어서 그런 네이탄은 자랑이자 기쁨이었던 것이다.

　그렇게 잠시 동안 카르틴, 시바와 담소를 나누던 브리올렛은 뒤늦게 생각이 났다는 듯 말했다.

"참! 두 분께 소개시켜 드릴 분이 계세…… 어?"

　카르틴과 시바에게 샤렌을 소개시켜 주려던 브리올렛은 말을 채 마치지 못했다. 방금 전까지만 해도 옆에 있던 샤렌이 보이질 않았던 것이다.

"네 옆에 있던 북부인을 찾는 거야?"

　브리올렛은 고개를 끄덕여 카르틴의 질문에 답한 다음 말했다.

"사실 그분을 소개시켜 드리려고 오늘 파티를 연 거거든요."

"조금 전에 저쪽으로 가더군."

　시바가 손가락으로 한 방향을 가리켰다.

"아! 화장실에 가셨나 보네요. 그럼 잠시 후에 소개시켜 드릴게요."

"대체 그 북부인이 누군데 이렇게 파티까지 열어주는 거야?"

　카르틴이 커다란 덩치에 걸맞지 않게 순박한 표정으로 고개를 갸웃거렸다.

"그분은……."

　브리올렛이 웃음과 함께 말했다.

"…제 생명의 은인이에요!"

2

샤렌은 느긋하게 용무를 보고 세면대 앞에 가서 섰다. 세면대 앞에는 은색 모자를 쓴 청년이 손을 씻은 후 거울을 보고 있었다. 아까 전 브리올렛이 차이르라고 말한 그 청년이었다.

샤렌은 그의 옆에 나란히 섰다.

그리고는 손을 씻으며 머리를 매만지는 차이르에게 말했다.

"왜 그녀에게 먼저 말을 걸지 않는 거죠?"

"……?"

차이르는 거울에 비춰진 샤렌을 보며 영문을 모르겠다는 표정을 지었다.

"지금 내게 말한 거요?"

샤렌은 흐르는 물을 잠근 후 옆에 걸려 있는 수건에 손을 닦았다.

이어 차이르에게 말했다.

"샤를로엔이라고 합니다. 브리올렛님의 친구죠."

난데없는 말 이후에 이어진 자기소개.

차이르는 여전히 영문을 알 수 없었지만, 일단은 예의를 갖췄다. 상대가 스스로를 오늘 파티의 주최자인 브리올렛의 친구라고 밝혔기 때문이다.

"차이르 드 쿠마요."

"만나게 되어 영광입니다, 차이르님."

"……."

브리올렛의 이름이 나왔기에 기본적인 예의는 갖췄으나, 생전 처음 보는 북부인이었다. 차이르는 필요 이상의 호의를 표할 필요까지 없다고 생각해 입을 다물었다.

하지만 차이르는 선뜻 화장실 밖으로 나가지도 않았다. 조금 전 이 낯선 북부인이 건네온 말이 마음에 걸렸기 때문이다.

그런 차이르를 보며 샤렌은 부드러운 미소와 함께 말했다.

"뜬금없는 말이지만, 저는 정말 궁금하군요. 왜 차이르님은 그 레이디께 먼저 다가가시지 않는지 말입니다."

차이르는 미간을 살짝 찌푸렸다.

"어떤 숙녀 분을 말하는 거요?"

차이르와 달리 샤렌의 미소는 더욱 짙어졌다.

"창가 쪽에 계셨던 짙은 갈색 머리의 레이디 말입니다."

"……!"

빙글빙글 웃고 있는 샤렌을 바라보는 차이르의 눈이 경각심으로 가득했다.

그가 입을 열어 뭔가를 말하기 전, 샤렌이 먼저 치고 나갔다.

"일부러 살핀 것은 아니었으나 우연히 차이르님께서 그 숙녀 분을 바라보는 시선을 보게 되었습니다. 많은 분들과 함께 계실 때도 지루한 표정을 지으시다가, 테라스 옆에 서 계신 그 레이디를 보실 때만 눈을 빛내시더군요."

"내가 남몰래 여자나 힐끗거리는 족속이라는 거요?"

차이르의 언성이 높아졌다.

하지만 샤렌은 이 정도의 반응은 미리 예상하고 있었다. 차이르의 얼굴이 살짝 붉어진 이유가 단순히 화가 나서만은 아님을 확신할 수 있는 그였다.

"차이르님을 비난하려는 것이 아니라 그 숙녀 분이 안타까워서 그럽니다."

샤렌은 준비했던 말을 꺼내 들었다.

또다시 이어진 영문 모를 소리에 차이르는 당장에라도 노기를 표출하려던 자신을 잃었다. 무엇보다 그녀에 관한 이야기인지라 궁금한 마음이 더 컸던 것이다.

"…그녀의 뭐가 안타깝다는 이야기요?"

약간의 망설임 끝에 차이르가 물었다. 연정을 품고 있는 여인에 관한 이야기인지라 외면하기가 힘든 것이다.

"차이르님에 대해 호감을 가지고 있는데, 계속 기다려야만 하는 모습이 힘들어 보였으니까요."

"세리에가 내게 호감을⋯⋯?"

차이르는 저도 모르게 '그녀' 의 이름을 흘리고 말았다.

이어 자신의 실태를 깨달은 차이르가 다시금 인상을 찌푸렸다.

"당신이 그녀에 대해 무엇을 안다고 이런 말을 하는 것이오?"

짐짓 노한 표정을 짓는 차이르.

하지만 험상궂게 쓴 표정의 가면 뒤에 감춰진 기대감과 설렘을 놓칠 샤렌이 아니었다.

"남자와 여자가 만나 연인이 되는 경우, 대부분은 남자가 여자에게 먼저 다가서기 때문이라 여기지요. 그래서 유혹의 몫은 언제나 남자 쪽이라 생각하기 마련이고요."

샤렌은 뜬금없는 이야기를 다시 꺼내 들었다.

하지만 차이르는 잠자코 샤렌의 이야기를 듣고만 있었다. 이 북부인이 하는 말이 세리에와 관련이 있음을 알고 있기 때문이었다.

"하지만 상당히 많은 경우 그 반대일 때가 많습니다."

"북부에서는 그럴지 몰라도 우리 남부에서는 남자 쪽에서 여자들에게 다가서는 게 대부분이오."

차이르는 샤렌의 말이 뭔가의 착각이나 오해에서 비롯되었을 가능성을 보이자 곧바로 짚고 나섰다.

샤렌은 자신의 말에 대한 신뢰가 완전히 사라지기 전에 서둘러 차이르의 말을 받았다.

"물론 저희 북부 대륙에서도 숙녀 분께 접근해 말을 거는 것은 남자들의 몫입니다. 제가 하고 싶은 말은 접근 이전에 관한 문제지요."

"접근 이전?"

"정확히 말을 하자면 신호에 관한 이야기입니다. 여자들이 다가오거나 말을 걸지 않고도 유혹을 한다고 말한 건, 자신이 느낀 호감을 신호로 보내기 때문입니다. 물론 의도적이지 않은 경우가 대부분이고요."

"무의식중에 신호를 보낸다는 말이오?"

샤렌의 말에 차이르는 무의식중에 자신의 소매를 살짝 당겨 올리며 물었다.

샤렌은 이를 놓치지 않았다. 이것 또한 차이르가 본격적으로 자신의 말에 관심을 기울이기 시작한다는 신호였던 것이다.

"그렇습니다. 남자들 역시 무의식중에 그 신호에 반응해 여자들에게 접근하곤 하지요. 그래서 유혹의 몫이 꼭 남자들의 것만은 아니라는 이야기입니다. 한데……."

"……?"

일부러 말을 길게 끌어 차이르의 반응을 살피는 샤렌.

차이르가 다음 말을 기다리며 상체를 살짝 앞으로 기울이는 것을 확인하고서야 뒷말을 이었다. 차이르가 자신의 말에 완전히 빠져든 것을 확인한 것이다.

"간혹 애절한 심정을 담아 신호를 보내도 그것을 알아차리지 못하는 남자들이 있지요."

"……그게 나라는 이야기요?"

샤렌은 환한 미소로 대답을 대신했다.

"대체 그녀가 내게 어떤 신호를 보냈다는 겁니까?"

샤렌은 차이르의 말투가 미세하게 변화했음을 감지했다. 존중의 뉘앙스가 이전에 비해 훨씬 강해진 것이다.

이는 자신의 말이 가진 논리보다 차이르 스스로가 믿고 싶은 마음이 강했기에 드러나는 현상이었다.

"전혀 모르시겠습니까?"

"짐작도 가지 않소. 그녀가 내게 호감을 가지고 신호를 보낼 이유가 어디 있단 말이오? 우리 형님께라면 몰라도……."

앞서 카르틴이라는 남자에게서 들었던 바와 다르지 않은 이유를 꺼내는 차이르였다. 늘 형님과 비교되다 보니 스스로를 폄하하는 습관을 가지게 된 게 분명했다.

"하아……."

샤렌은 한숨을 쉬어 차이르의 말을 끊었다.

그리고는 잠시의 시간을 두었다.

차이르가 충분히 달아오를 시간에 이르자 그가 입을 열었다.

"제가 봤을 때는 수도 없는 신호를 보내는 숙녀 분이었습니다. 느끼셨는지 모르겠지만 그 숙녀 분은 당신의 시선을 의식할 때마다 머리카락을 매만지더군요."

"머리카락을 만지는 게 신호라는 말입니까?"

"그뿐 아니지요. 스쳐 지나가는 미소도 보였고, 골반을 살짝 밀어 내미는 자세를 취하기도 했습니다. 턱을 살짝 치켜들어 목을 보이기도 하고 당신 쪽을 향해 손목을 드러내기도 했지요. 이 모든 것이 바로 당신에게 호감을 표하는 신호입니다."

샤렌의 설명을 들은 차이르의 입매가 비틀렸다. 그의 귀에는 근거가 없다 못해 허황된 내용으로만 받아들여졌던 것이다.

눈앞의 북부인이 말한 내용에는 특별한 게 전혀 없었다. 매번 주의를 기울여 여자의 자세를 관찰한 적은 없지만, 사내가 말한 내용은 여자라면 누구나 쉽게 취하는 태도를 나열한 것에 불과했다.

한데 그런 것들이 어떻게 자신에 대한 호감을 표하는 신호가 된단 말인가?

"제 말을 믿지 않으시는군요."

"그렇소."

차이르는 솔직히 대답했다. 브리올렛의 손님이라는 점을 염두에 두지 않았다면 자신을 희롱했다는 생각에 주먹이라도 한 대 날렸을지 모를 일이라 생각하면서였다. 아니, 순간적으로 뭔가를 기대했던 스스로를 생각하면 브리올렛을 생각하더라도 참기가 어려웠다.

이에 차이르는 정신 나간 북부인과의 대화를 마치려 했다. 화장실에서 나가려는 것이다. 조금만 더 있다가는 정말로 폭발할지도 모른다는 생각에서였다.

그때, 막 걸음을 옮기려던 차이르의 발을 붙잡는 한마디가 들려왔다.

"그렇다면 저와 함께 내기를 해보시는 건 어떻습니까?"

"내기?"

"네. 화장실에서 나가시면 곧바로 그 숙녀 분께 가셔서 다음번에 만날 약속을 잡으시는 겁니다."

샤렌의 말에 차이르는 화를 감추지 않고 노골적으로 인상을 찌푸렸다.

"그러다 거절당한다면? 명가의 후손들이 잔뜩 모여 있는 장소에서 망신을 자초하란 말이오?"

"만약 차이르님께서 숙녀 분께 거절을 당해 명예에 조금이라도 누가 된다면……."

"내 비록 형님의 명성을 따르지 못한다 해도 쿠마 가문의 차남이오. 내 명예를 논할 때는 신중을 기해야 할 것이오."

차이르는 샤렌의 말을 끊고 이 일의 엄중함을 강조했다.

"물론입니다. 그래서 저는 이 내기에 제 목을 걸려 합니다."

"……!"

시답지 않은 소리랑 치우라고 말하려던 차이르는 그대로 굳어버렸다. 설마하니 하찮은 몇 가지만을 보고 지레짐작했을 내용에 스스로의 목숨을 걸리라고는 생각지도 못했던 것이다.

차이르는 새삼스레 북부인의 얼굴을 살폈다. 준수한 외모의 북부인은 붉은 눈으로 자신을 똑바로 바라보는 중이었다. 조금의 긴장감도 찾아볼 수 없는 그의 표정에 차이르의 마음이 흔들리기 시작했다.

'정말로 자신이 있다는 건가? 하긴 이 남자는 내 시선만을 보고 세리에에 대한 마음을 알아챘잖아?'

그렇게 흔들리는 차이르의 심정을 샤렌은 고스란히 읽어낼 수 있었다.

때가 왔음을 깨달은 샤렌은 본격적으로 여자의 마음을 움직이던 화술을 펼치기 시작했다.

"순수하고 겸손한 당신이기에 숙녀 분께서 보이는 호감을 쉽게 인정하기는 힘들 겁니다. 하지만 계속해 그 숙녀 분의 호의를 저버린다면 어떻게 되겠습니까?"

은근한 어조의 질문은 대답을 듣기 위함이 아니었다. 대부분의 사람들은 자신이 원하는 바를 겉으로 드러내는 데 있어서 소극적이다. 이럴 경우 질문을 통해 사람들의 감정을 자극하고 원하는 방향으로 분위기를 이끌어갈 수 있다는 사실을 샤렌은 잘 알고 있었다.

샤렌은 다음 말을 이어갔다.

"당신의 외면 속에 슬퍼할 숙녀 분을 떠올려 보세요. 그녀의 입장에서는 이미 최선을 다해 당신에게 솔직히 고백을 한 것과 다름없습니다. 자신이 호의를 품은 남자에게 외면을 받은 한 매력적인 여성의 슬픔 가득한 얼굴이 선명히 그려지지 않습니까?”

샤렌은 여자의 마음을 움직일 때는 청각뿐 아니라 시각적 자극을 이용하는 게 유용하다고 확신하고 있었다. 남자의 경우도 크게 다르지 않으리라.

그래서 샤렌은 스스로도 안타까운 표정을 연기해 보이며 차이르에게 보다 선명히 슬퍼하고 있는 세리에를 떠올리도록 했다. 차이르가 머릿속에 세리에를 확실하게 그릴수록 자신의 의도대로 움직일 가능성이 높기 때문이었다.

더구나 지금의 말은 논리보다는 감정을 자극하는 게 중심이었고, 권유보다는 질문에 가까웠다. 마음을 움직일 때, 질문이 얼마나 유용한 도구인지 수없이 체감한 샤렌이기에 이와 같은 화술을 사용한 것이다.

그뿐이 아니었다. 샤렌은 누군가의 마음을 움직이고자 하는 경우 강력한 효력을 발휘하는 단어들에 대해 따로 구분을 해두었다. 조금 전 말했던 단어 중 ‘최선’, ‘솔직히’, ‘호의’, ‘선명히’ 등이 그에 속했다.

그야말로 샤렌은 여자들을 유혹할 때 사용하는 화술을 총망라해 차이르의 마음을 움직이고 있는 것이다.

그러니 효과가 없을 수 없었다. 차이르는 아랫입술을 살짝 깨물었다가 떼며 어렵사리 입을 열었다.

“난… 여자 앞에서 말을 더듬는 습관이 있소. 이런 내가 정말로 세리에와 다음번을 기약할 수 있단 말이오?”

여자에게 당당하지 못한 모습을 보이는 것은 처음 만남에 있어 마이너스 요소가 된다고 널리 알려져 있다. 차이르 역시 이 같은 사실을 모를 리 없었기에 더욱 주저했던 것이다.

하지만 그 이야기를 들었음에도 샤렌은 여전히 확신에 찬 표정을 유지했다.

그는 오히려 더 잘되었다고 생각했다.

유명한 가문의 후손은 자칫 문란하기 쉽다.

이는 여자들이 경계할 수밖에 없는 조건.

따라서 샤렌은 눈조차 제대로 마주치지 못하고 말을 더듬거리는 게 차이르의 경우에는 오히려 유리하게 작용할 수 있다고 생각했다. 여자를 많이 접해보지 못했음을 드러내 순박한 모습으로 어필할 수 있기 때문이다.

실제로 샤렌은 처음 여자에게 다가설 때, 일부러 얼굴을 붉히고 말을 더듬기까지 할 정도였다. 상대의 경각심을 풀어내는 데는 꽤 유용한 방법이었기 때문이다. 그러니 샤렌의 확신에는 흔들림이 없었다.

"당연히! 당신이 말을 더듬는 것을 핑계로 내 목숨을 구걸할 생각은 없소."

샤렌은 차이르가 말을 더듬는다고 해서 세리에가 거절할 리 없다고 확실한 표정으로 말했다.

"대, 대체 왜 이렇게까지 하는 거요? 당신과 난 오늘 처음 본 사이에 불과하지 않소?"

“첫째는 아름다운 숙녀 분께서 슬퍼하는 모습을 보고 싶지 않은 게 이유고, 둘째는 당신은 브리올렛님의 친구라서요. 난 브리올렛님의 친구니까, 친구의 친구도 친구 아니겠소?”

말을 마치며 샤렌은 가볍게 차이르의 어깨를 두들겼다. 자연스러운 신체적 접촉이 가진 효력을 이용하는 것이다.

“자, 이제 가서 그녀에게 다음번에 만날 약속을 잡자고 말하시오. 아! 그리고 다른 사람들의 시선도 있으니 약속만 잡고 긴 이야기는 나중에 하는 게 좋을 것이오.”

아무리 자신에게 설득을 당했다 해도 사람은 한순간에 크게 변하지 않는다. 자신감이 결여된 상태인 차이르가 세리에라는 여자와 긴 이야기를 나누다가는 그의 단점이 드러날 가능성이 없지 않았다.

그렇게 되면 화장실까지 쫓아와 차이르에게 이런 말을 한 모든 게 헛수고가 될 터.

샤렌은 데이트 약속만 잡고 훗날을 기약할 것은 차이르에게 권했다.

이제 남은 것은 기다리는 일뿐.

물론 이 내기에서 자신의 목숨을 잃지 않으리라는 것을 절대적으로 믿고 있는 샤렌이었다.

Chapter 3

Rhapsody Of Cardinal

1

차이르가 화장실을 나간 후, 샤렌은 화장실의 문 쪽에 비스듬히 기대어 그를 살폈다.

주뼛주뼛하던 차이르가 뒤를 돌아봤다.

샤렌은 그를 향해 가볍게 고개를 끄덕여 줬다.

샤렌의 액션을 확인하고서야 차이르는 테라스가 있는 창가 쪽으로 걸음을 옮겼다.

그는 명문의 후손답게 세리에의 옆에 있던 두 여자에게 양해를 구하고 말을 시작했다.

어깨를 웅크리고 두 주먹은 말아 쥔 모습은 어색하기 짝이 없었다. 뒷모습만으로도 샤렌은 차이르가 얼마나 긴장하고

62

있는지 익히 짐작할 수 있었다. 아마도 새빨개진 얼굴로 더듬더듬 한마디 한마디를 하고 있으리라.

그리고 잠시 후,

차이르가 세리에에게 허리를 살짝 숙인 다음 몸을 돌렸다.

딱딱하게 굳은 표정의 그는 표정만큼이나 뻣뻣한 걸음걸이로 다시 화장실로 향했다.

한 걸음, 두 걸음, 세 걸음…….

차이르의 상기된 그대로의 붉은 얼굴이 걸음마다 변해갔다. 동그랗게 뜬 두 눈이 가늘어지고, 굳게 다물렸던 입이 벌어졌다.

화장실 근처에 이르렀을 즈음, 차이르의 표정은 환희에 가득 찬 미소를 그려내고 있었다.

차이르는 화장실 앞에 도착하자마자 샤렌의 손을 덥석 잡고는 화장실 안으로 이끌었다.

샤렌은 그가 이끄는 대로 순순히 화장실 안으로 따라 들어갔다.

그리고 들려오는 외침 소리.

"우아아아아앗!"

손을 놓은 차이르가 지른 소리였다.

샤렌의 입가에 미소가 번졌다. 격한 감정에 휘말린 차이르가 왜 소리를 지르는지 그는 알고 있었기 때문이다. 만약 좁은 실내가 아니었다면 차이르가 폴짝폴짝 뛰어다녔을지도 모른다고 생각했다.

"정말 고맙소!"

한차례 소리를 지르고서야 진정을 한 차이르가 몸을 돌려 다시금 샤렌의 두 손을 맞잡았다.

"별말씀을……."

샤렌은 빙그레 웃었다.

"샤를로엔님, 당신은 내 생애 처음의 북부인 친구요."

차이르는 맞잡은 두 손에 힘을 꽉 주었다. 그의 격해진 목소리는 미미하게 떨리기까지 했다.

"영광입니다, 차이르님."

"당신이 아니었다면 난 정말이지……."

"저는 그저 시기를 조금 앞당겼을 뿐입니다. 차이르님이라면 숙녀 분의 슬픔을 계속해 외면하지 않으셨을 테니까요."

샤렌은 차이르의 말을 잘랐다. 이쪽이 상대에게 좀 더 고마움을 느끼게 하는 데 효과적이기 때문이었다.

차이르는 흥분이 고스란히 드러나는 두 눈으로 잠시 샤렌을 바라보다가 입을 열었다.

"어떻게 보답을……. 참! 그러고 보니 내기에서 내가 졌을 때에 대해 이야기하지 않았군요."

'당연하지. 그랬다면 정당한 내기가 되는걸.'

사실 샤렌은 의도적으로 차이르가 졌을 때에 대한 이야기를 피했다. 아무리 세리에라는 여자가 차이르에게 호감을 갖고 있다는 사실에 확신을 갖고 있다 해도 자신조차 생각지 못한 변수가 있을 수 있다. 과거 이사벨이 바라카를 운용할 수 있다는 사실을 몰랐던 것처럼, 자신이 전지적인 능력을 가진 것은 아닌 것이다.

이에 샤렌은 만에 하나를 대비했다.

차이르가 졌을 때에 대한 대가를 정하지 않았으니 정당한 내기가 성립될 수 없는 법.

최악의 경우만큼은 피해갈 구멍을 파두었던 것이다.

"전 이미 내기에서 이긴 대가를 받았습니다."

"……?"

"브리올렛님의 친구는 제 친구이기도 하다는 것은 저만의 일방적인 이야기였을 뿐, 차이르님도 그렇게 생각하셨던 건 아니지 않습니까?"

"그럼 내기의 대가라는 게……?"

샤렌은 고개를 한 번 끄덕였다.

"차이르님의 친구로 인정받았으니 그걸로 족합니다."

"단순히 내 친구가 되기 위해 스스로의 목숨을 걸었단 말이오?"

차이르는 도무지 이해가 되지 않는다는 표정이었다.

"친구를 소중히 여기는 것은 당연한 일이나, 전적으로 차이르님께 인정받기 위해 무리를 한 것은 아닙니다."

샤렌은 자신을 이해할 수 없는 차이르의 심정을 동감하는 표정과 함께 말했다.

"사실 과분하게도 브리올렛님은 저를 위해 오늘의 파티를 개최해 주셨죠. 하지만 제가 북부인인 이상, 브리올렛님의 호의가 친구 분들 전부에게 전해지기란 쉬운 일이 아닐 것입니다."

샤렌의 설명에 차이르는 고개를 끄덕였다. 드높은 자부심으로 살아온 명가의 후손들이 모여 있는 자리다. 그들이 단지 브리올렛의 친구라 해서 북부인을 무조건적으로 받아들일 가능성은 매우 적었다.

시기적으로 더욱 그랬다. 당장에라도 대륙의 남북 간 전쟁이 벌어져도 이상할 게 없는 정국인 것이다.

"제가 이 파티를 통해 브리올렛님께 조금이라도 누가 된다면 그 귀여운 얼굴에 그림자가 드리워지지 않겠습니까?"

어릴 때부터 브리올렛을 봐온 차이르는 머릿속에 입술을 삐죽 내민 그녀의 모습을 떠올리고는 피식 웃음을 터뜨렸다.

곧이어 정색을 한 그가 말을 시작했다.

"샤를로엔님, 당신은 이미 브리올렛의 친구일 뿐만 아니라 이 차이르의 친구이기도 하오. 단지 북부인이라는 이유만으로 내 친구를 무시하는 일은 이 파티에서 결코 없을 것이오."

샤렌에게 크게 신세를 졌다고 생각하는 차이르는 단호하기 이를 데 없는 표정으로 말했다.

그리고 그의 말은 샤렌이 처음부터 목표했던 것이기도

했다.

"일단 나갑시… 아니, 친구 사이에 존칭이 뭐가 필요하겠어? 말을 놔도 되겠지?"

차이르는 이전에 비해 한결 밝아진 표정이었다.

샤렌은 세리에와의 일로 인한 차이르의 변화를 충분히 이해할 수 있었다.

"물론."

"자, 그럼 나가자, 샤를로엔."

"샤렌이라고 불러줘, 차이르."

2

"호오! 회륜검 구에프가 부상을 입을 정도였는데 널 무사히 구해냈다고?"

브리올렛이 풀어낸 샤렌의 무용담에 카르틴이 흥미를 보였다.

일반적인 기준으로 봤을 때 회륜검은 강한 전사다. 무투의 기와 술에 있어서는 극의(極意)를 깨달았을지도 모른다는 이야기가 퍼질 정도였다.

하지만 그의 무투는 반쪽짜리다. 잉크라의 비전을 잇지 못한 만큼 명백한 한계가 있는 것이다. 어지간한 명가의 방계에 속한 자라 해도 회륜검과 상대해 질 만한 인물은 거의 없다고 봐도 좋을 정도였다.

따라서 명가의 직계 혈통인 카르틴에게 있어서 구에프는 인정할 부분이 있는 전사이되, 절대의 반열에 오른 강자라고는 할 수 없었던 것이다.

그럼에도 카르틴이 브리올렛의 이야기에 흥미를 느끼는 것은 그녀의 이야기가 단순히 회륜검의 무위에만 국한되어 있지 않기 때문이었다.

흑비연 도일과 스물에 달하는 암혼.

그들에게 위협을 받는다 해도 카르틴은 눈 하나 깜짝하지 않을 수 있다.

흑비연은 소위 말하는 암가의 특급 영자에 속하지 않았다.

암혼의 무서움은 잔혹하고 끈질기기 때문이지, 그들이 가진 무력 자체에 있지 않았다.

따라서 카르틴은 단신으로 그들 모두를 상대한다 해도 별다른 부상 없이 이겨낼 자신이 있는 것이다.

하지만 그 상황에는 간과할 수 없는 부분이 있다. 누군가를 보호하면서 적을 상대해야 하는 조건이 바로 그것이었다.

스스로의 목숨을 수단으로 삼아 기기묘묘한 방법을 동원해 암습을 가하는 것으로 유명한 영자들이 바로 암혼이었다. 그들을 상대하며 보호해야 할 대상의 털끝 하나 다치지 않게 할 능력이 스스로에게 있는지는 심각하게 고민해 봐야 할 문제였다.

따라서 자신과 비슷한 연배인 북부인에게 그와 같은 능력
이 있다는 사실에 카르틴은 흥미를 보이는 것이다.

자신과 샤렌을 비교하는 사람은 카르틴뿐만이 아니었다.

시종일관 무심한 표정을 짓고는 있지만 시바의 눈빛 역시
뜨거웠다. 카르틴과 차이가 있다면 그녀가 느끼는 감정이 흥
미보다는 호승심에 더 기울었다는 것이다. 브리올렛의 이야
기를 들으며 시바가 연신 검의 힐트를 만지작거리는 이유가
바로 거기에 있었다. 당장에라도 그와 무위를 겨뤄 자신의 성
취를 확인하고픈 그녀였다.

"그렇다니까요."

브리올렛은 마치 자신의 무용담인 양 자랑스레 대답했
다.

그때였다.

"브리올렛!"

어깨에 잔뜩 힘을 준 브리올렛을 부르는 목소리.

브리올렛은 고개를 돌렸다.

그곳에는 낯익은 얼굴의 사내가 서 있었다.

"차이르 오라버니!"

브리올렛의 표정에는 의외라는 기색이 완연했다.

차이르와 그녀는 어릴 때부터 얼굴을 보아온 사이긴 했지
만, 최근 들어서는 서먹하다고 할 수 있을 정도의 관계였다.
늘 말이 없는 차이르였기 때문이다. 브리올렛의 입장에서는

차라리 그의 형인 자카르에와 더 가깝다고 볼 수 있었다.

그러니 굳이 자신이 있는 자리까지 찾아온 차이르의 행동이 낯설게만 느껴지는 브리올렛이었다.

차이르가 누군가에게 먼저 다가가 말을 거는 행동을 보고 낯설어하는 것은 브리올렛뿐만이 아니었다. 카르틴과 시바 역시 의아하게 만들었다. 늘 형의 위세에 눌려 침묵으로 일관하던 차이르는 다가오는 사람에게조차 별다른 말을 하지 않는 것으로 유명했던 것이다.

비록 차이르의 행동이 낯설다 해도 쿠마 가문의 차남인 그를 모른 척할 수는 없는 법.

카르틴이 인사를 건넸다.

"여어! 오랜만이네, 차이르!"

"카르틴 형님, 오랜만입니다."

차이르는 명랑한 목소리로 카르틴의 인사를 받았다.

한눈에도 밝아진 그의 분위기에 카르틴은 다시 한 번 고개를 갸웃거렸다.

"오랜만이네, 차이르."

"오, 오랜만입니다, 시바 누님."

차이르는 여자 앞이라 말을 더듬었지만, 어쩐지 자신감이 엿보이는 태도로 시바의 인사를 받았다.

'뭔가 미묘하게 다른데……?'

차이르를 보며 브리올렛, 카르틴, 시바가 공통적으로 떠올린 생각이었다. 그러나 말 그대로 차이가 너무 미묘해 무엇인가를 딱히 짚어낼 수 없을 정도였다.

자신이 느낀 이질감에 세 사람 모두가 집중해 있을 때, 차이르가 뒤를 돌아보며 말했다.

"샤렌……."

어딘지 모르게 친근함이 느껴지는 호칭에 세 사람의 시선이 차이르의 뒤쪽으로 향했다. 적발화안의 북부인이 서 있는 모습이 시야에 들어왔다. 차이르에게서 느껴지는 이질감에 너무나 집중한 나머지 미처 뒤쪽의 그에 대해 의식하지 못했던 것이다.

"이 두 분과는 서로 소개한 거야?"

이어진 차이르의 말에 세 사람의 표정이 제각각 변했다.

"……!"

그중 표정의 변화가 제일 큰 것은 브리올렛이었다.

'왜 차이르 오라버니가……?'

샤렌에게 저처럼 친근한 모습을 보이는 건지 브리올렛으로서는 의아할 수밖에 없는 일이었다.

게다가 반말이라니?

하지만 브리올렛이 느낀 의아함은 곧 커다란 놀라움으로 변했다.

"안타깝게도 아직 그럴 기회를 갖지 못했어, 차이르."

"……!"

이제는 카르틴과 시바 역시 브리올렛의 의아함과 놀라움을 공유하게 되었다. 브리올렛의 은인이라는 북부인이 저 쿠마 가문의 차남인 차이르에게 반말로 응대한 것이다.

카르틴, 시바, 브리올렛의 시선이 차이르에게로 집중되었다. 샤렌의 반말을 들은 그가 어떻게 반응하는지를 보려는 것이다.

차이르는 너무나 아무렇지도 않게 샤렌의 반말을 받아들이고는 제 할 말을 하고 나섰다.

"제가 두 분께 소개해 드릴게요. 이 친구는 샤를로엔입니다. 브리올렛이 이 친구를 위해 오늘의 파티를 준비했다고 하는군요. 브리올렛의 생명을 구한 은인이며 제 좋은 친구이기도 합니다."

"……!"

브리올렛은 이제 입을 떡하니 벌렸다. 급진전도 이런 급진전이 없다. 그녀가 알기에 샤렌은 단지 화장실에 다녀온 것뿐이다.

한데 그 짧은 시간 동안 언제 차이르와 이렇듯 절친해 보이는 사이가 될 수 있단 말인가?

'아까 전만 해도 분명 모르는 사이였는데?

은빛 모자를 쓴 남자가 누군지 물었던 샤렌이었으니, 두 사람이 이전부터 알고 지낸 사이일 리는 만무했다.

"이쪽 분은 카르틴 드 발로드 형님이야, 샤렌. 남부 대륙에서 최고의 젊은 인재로 꼽히는 신진이십사수(新進二十四秀)의 일좌를 차지하고 계셔.”

“인사가 늦었습니다. 샤를로엔입니다. 편하게 샤렌이라고 부르십시오.”

“반갑습니다, 샤렌님.”

카르틴이 얼결에 인사를 받자, 차이르는 다음 소개에 나섰다.

“이 숙녀 분은 시바 드 오리엔님. 카르틴 형님과 마찬가지로 신진이십사수로 꼽히는 여걸이시지.”

“시바예요.”

시바는 어느새 특유의 차가운 표정과 어조를 되찾고는 짧게 인사를 건넸다.

“아름다운 숙녀 분을 만나 뵙게 되어 영광입니다.”

샤렌은 시바의 냉랭한 분위기에 개의치 않고 정중하게 예의를 차렸다.

그렇게 세 사람이 인사를 마쳤을 때, 브리올렛이 참았던 질문을 꺼내 들었다.

“아니, 대체 두 분이 언제 친구 사이가 된 거예요?”

브리올렛의 질문에 샤렌과 차이르는 서로의 얼굴을 마주 봤다.

그리고 서로를 향해 싱긋 웃었다.

대답은 차이르에게서 나왔다.

“브리올렛의 친구는 내 친구잖아.”

브리올렛이 뭔가를 이해하기에는 충분치 않은 대답이었다.

이에 브리올렛이 다시 뭔가를 말하려 할 때였다.

“아, 투르키! 이리 와봐. 소개할 사람이 있어.”

차이르가 이쪽에 서자 자연스럽게 사람들이 하나둘씩 모여들고 있었다. 그중 제일 앞에 선 남자에게 차이르가 샤렌을 소개하기 시작했다.

“이쪽은 샤를로엔. 브리올렛의 생명을 구한 은인이자 내 친구이기도 해.”

그 다음 사람에게도.

또 그 다음 사람에게도…….

차이르는 샤렌이 브리올렛의 은인이며 자신의 절친한 친구라며 한명 한명에게 샤렌을 소개시켰다.

샤렌이 북부인이라는 사실에 꺼리는 기색을 내비치는 사람은 한 명도 없었다. 브리올렛의 은인인 데다가 대쿠마 가문의 차이르가 보증하는 친구였기 때문이다.

한순간 브리올렛과 샤렌의 주변에 사람들이 득실댔다.

딱히 미르엔의 시선을 의식하는 사람은 없었다. 그들은 차이르의 친구를 소개받고 있을 뿐이었기 때문이다.

애초 샤렌이 의도한 바가 바로 이런 현상이었다. 브리올렛이 자존심 때문에 차이르 쪽으로 가지 않을 것이니, 차이르를 이쪽으로 오게 하면 될 일이었던 것이다.

다행히 차이르와 세리에가 서로에게 호감을 갖고 있었고, 샤렌은 그것을 활용해 차이르를 끌어들였다.

결과적으로 브리올렛은 미르안의 방해에 영향을 받지 않고 애초 파티를 연 목적을 달성할 수 있게 된 것이다.

브리올렛은 차이르와 샤렌의 관계에 대해 어리둥절해하면서도 많은 사람들과 담소를 나누는 샤렌의 모습에 기뻐했다.

그녀의 환한 미소를 보며 샤렌도 눈부시게 하얀 치아를 드러내며 웃음을 지었다.

3

"뭐, 뭐야? 대체 차이르 오라버니가 왜 저쪽에 가 있는 거지? 왜 브리올렛하고 함께하고 있는 거냐고?"

어느새 썰렁해진 주변을 느낀 미르안이 말했다.

"하하핫!"

"호호호!"

브리올렛 주변에 잔뜩 모인 사람들의 웃음소리가 로비에 크게 울려 퍼졌다. 사람들의 표정이 모두가 즐거워 보였기에 여기저기 흩어져 있던 사람들도 하나둘씩 브리올렛과 차이르가 있는 그룹으로 몰려들기 시작했다.

그쪽의 즐거운 분위기 때문이기도 했지만, 평소 한마디 말도 없던 차이르가 앞장서서 대화를 주도하는 중인 게 더 큰 요인이었다. 이번 기회에 쿠마 가문과 인연을 돈독히 해두려는 마음이 들 수밖에 없었던 것이다.

"곧 적이 될지도 모르는 북부인과 저렇게 즐겨도 되는 거냐고!"

미르안이 아랫입술을 잘근잘근 씹었다.

"저……."

미르안의 옆에 서 있던 크리스가 조심스레 입을 열었다.

"내가 가서 무슨 이야기를 하는지 보고 올까?"

"뭐라고?"

미르안의 눈이 세모꼴로 변했다.

"아니, 저렇게 사람들이 모이는 데는 이유가 있는 것 같아서……."

크리스는 곁눈질로 브리올렛의 옆에 서 있는 훤칠한 키의 북부인을 살피며 말했다. 솔직히 별 재미도 없는 이 자리에 있는 것보다 이국적이고 잘생긴 샤렌을 가까이서 보며 이야기하는 게 즐거울 거라는 생각이 든 것이다. 나중에 저 자리에 있던 친구들이 이야기할 때, 자신만 소외되는 것 또한 바라지 않는 바였다.

그래서 정탐이라는 핑계로 자리를 옮기고자 한 것이다.

크리스의 핑계는 적절한 데가 있어 미르안의 마음을 움직였다. 미르안 역시 저쪽에서 무슨 일이 벌어지고 있는지 궁금

했던 것이다.

"그래. 가서 대체 무슨 이야기를 하는지 알아보고 와."

"응. 금방 올게."

크리스는 미소가 지어지는 내심을 감추고 브리올렛과 샤렌이 있는 쪽으로 향했다.

4

미르안 쪽에서 건너온 크리스라는 아가씨를 소개받은 샤렌은 붉은 눈을 빛냈다. 브리올렛을 기쁘게 해줄 결정적인 계기가 찾아들었기 때문이다.

"…메가 가문이 다스리는 곳에서 나오는 실크는 남부에서도 가장 질 좋기로 유명해. 한마디로 이 크리스라는 아가씨는 엄청난 부잣집 영애라는 말씀이지."

부쩍 말이 많아진 차이르였다. 모두가 자신의 말에 크게 호응하며 웃음을 터뜨리니 신이 난 것이다.

이는 샤렌이 지속적으로 그의 말을 받아주며 주변의 호응을 이끌어냈기 때문이다. 적절한 타이밍에 질문을 던져 주고, 농담을 이끌어내며, 작은 유머에 큰 웃음을 터뜨리는 것만으로도 충분했다. 이 같은 방법이 이야기를 하는 사람을 크게 부각시킨다는 것을 샤렌은 잘 알고 있었다. 화류계에 있어서 황제를 자처하던 샤렌이니 당연한 일이었다.

깊은 사정은 모르지만 부쩍 자신감이 붙은 차이르는 이제 망설임도, 주저함도 없이 자연스럽게 농담을 던져 가며 분위기를 주도하고 있었다.

샤렌은 다른 이유에서 차이르의 마지막 말을 놓치지 않고 받아 챙겼다.

"좋은 실크라면 혹시 소키아 지방……?"

남, 북부의 통상 중에서 가장 큰 비중을 차지하는 교역품 중 하나가 실크였다. 그중 소키아에서 생산된 비단을 최상품으로 치는 것을 샤렌도 잘 알고 있었다.

하지만 혹여 메가 가문이 소키아 지방을 다스리지 않을 가능성도 배재할 수 없었다.

이에 샤렌은 말끝을 흐려 크리스의 반응을 살폈다. 만약 그녀의 표정이 좋지 않다면 재빨리 다른 지방을 꺼내 들 준비를 하는 것이다.

"네, 맞아요."

다행히 샤렌의 어림짐작은 맞아떨어졌다.

샤렌은 기다렸다는 듯 대답했다.

"역시 제 예상대로군요."

소키아 말고도 몇 곳을 떠올린 샤렌이었으나, 실크라고 하면 오직 소키아밖에 생각지 못했다는 식으로 말을 돌렸다.

그 효과는 금세 드러났다. 크리스가 은근한 기대감을 담아 질문을 던져 온 것이다.

"북부 대륙에서도 저희 소키아 산(産) 실크가 유명한가요?"

"북부의 숙녀라면 그 섬세한 부드러움에 모두 욕심을 내지요. 소키아 산 비단은 북부 대륙에서 품격과 명예의 상징이나 다름없답니다."

샤렌이 잔뜩 치켜세우자 크리스의 얼굴에 수줍은 미소가 떠올랐다.

샤렌은 그 미소를 기다렸다는 듯 말했다.

"크리스님을 뵈니 소키아 산 실크가 품질이 좋은 이유를 알겠군요."

"네?"

"크리스님의 미소 말입니다. 소키아 지방의 여인들이 모두 그와 같이 부드러운 미소를 짓고 있다면 그곳에서 생산되는 비단이 그 미소들을 닮아갈 수밖에 없겠죠."

샤렌의 칭찬에 크리스의 얼굴에 홍조가 피어올랐다. 부끄러운 듯 살짝 고개를 숙인 그녀의 얼굴에는 기쁜 기색이 역력했다.

남자들이 흔히 하는 착각 중 하나가 바로 여자들은 칭찬하면 무조건 좋아한다는 것이다.

사실 이 같은 이야기는 반만 맞는 말이다. 좋아는 하되 말을 한 남자에 대한 호감으로 이어질 가능성은 그다지 높지 않기 때문이다.

칭찬을 통해 여자의 호감을 이끌어내려면 명확한 부분이 필요하다. 눈이 예쁘다든지, 입술이 아름답다든지 하는 식의 특정한 부분을 짚어내야 한다.

그래야만 의례적인 인사가 아니라 이 사람이 내게 관심을 가지고 있으며, 진짜로 내 특정한 매력을 인정한다고 생각할 가능성이 높은 것이다.

그와 같은 생각은 호감으로 발전될 가능성이 높다는 사실을 알기에 샤렌은 크리스의 미소를 명확히 짚어 칭찬을 한 것이다.

물론 샤렌이 본격적으로 크리스를 유혹하려는 것은 아니었다.

하지만 브리올렛을 보다 기쁘게 해주기 위해 크리스의 호의를 살 필요가 있었다. 크리스가 미르안과 의미심장한 눈초리를 주고받은 다음 이쪽으로 향한 것을 봤기 때문이다.

이후 샤렌은 다른 사람과 담소를 나누면서도 크리스의 반응에 계속해 신경을 썼다. 그녀가 조금이라도 지루해하는 기색을 보일라 치면 곧바로 말을 걸었다. 대화의 중심에 크리스를 끌어들이기도 했다.

크리스가 속한 메가 가문은 무력보다는 금력으로 더 유명한 명가에 속했다. 무(武)의 숭배 기조가 역력한 남부 대륙인 만큼 메가 가문은 타 명가에 비해 손색이 있었다. 크리스가 미르안의 눈치를 볼 수밖에 없던 것도 이 때문이었다.

한데 이쪽으로 오자마자 갑작스레 화제의 중심이 되고 많은 사람의 관심을 받게 되었다. 비록 나이 어린 명가의 후손들만이 모인 파티라지만, 메가 가문의 지위가 격상되는 듯한 느낌이 들 정도였다.

크리스는 저도 모르게 지금과 같은 상황을 즐길 수밖에 없었고, 자연 미르안에게 돌아가는 시간이 늦춰졌다. 아니, 크리스는 계속해 자신에게 눈짓을 해오는 미르안을 일부러 외면하고는 이 자리에 모인 여러 친구들과의 대화를 즐기기 시작했다.

Chapter 4

1

　　"**샤**를로엔이라고 했나? 저 북부인 친구는 사교계
에 대해 조예가 깊은 것 같은데……."

　　차이르와 나란히 사람들에게 둘러싸여 있는 샤렌을 보며
카르틴이 말했다.

　　그의 주변에는 웃음꽃이 만발해 있었다.

　　"……."

　　시바는 한 겹 서리를 두른 냉랭한 표정 그대로일 뿐이었다.

　　"대체 차이르에게는 어떻게 한 걸까? 친구가 된 건 둘째 치
고 늘 말이 없던 녀석을 저토록 밝은 표정으로 사람들과 어울
리게 만들다니."

“무슨 약이라도 먹였나 보지.”

시바는 별 관심 없다는 어조를 유지했다.

“뭐야? 아까는 꽤 관심을 보이는 것 같더니 지금은 시큰둥하네?”

“이런 파티에서 헤벌쭉해 있는 남자, 그리고 혓바닥이 매끄러운 남자치고 강한 전사는 없으니까.”

시바가 턱끝을 살짝 치켜들며 말했다.

애초 그녀가 저 적발화안의 북부인에게 관심을 가졌던 것은 암혼들에게서 브리올렛을 구해냈다는 무력 때문이었다.

하지만 여자들에게 둘러싸여 실없는 농담이나 주고받는 모습 속에서 강자로서의 면모는 조금도 찾아볼 수 없었다.

더구나 뛰어난 전사라면 평소의 움직임 속에도 그 무위가 엿보인다. 담소를 나누는 중에도 빈틈을 찾을 수가 없으며, 걸을 때의 보폭이나 상체의 흔들림에서도 어느 정도의 경지가 드러나기 마련이다.

한데 저 북부인에게는 무투를 익힌 흔적이 전혀 보이지 않았다. 걸음걸이가 가볍긴 했지만 보폭은 들쑥날쑥했으며, 상체의 흔들림도 심했다. 계집아이들에게 둘러싸여 이야기를 나눌 때면 온몸이 다 빈틈이라 해도 과언이 아닐 정도다.

암혼에게서 브리올렛을 구해낼 때 무슨 수작을 부렸는지는 모른다. 그러나 아까처럼 시바가 검을 뽑아 들어 비무를 해보고 싶을 정도의 무위를 지니지 않은 것만큼은 분명했다.

적어도 무투술의 대가가 아닌 것은 확실했다.

시바가 관심을 거둬들인 이유는 거기에 있었다.

"흠, 저 남자는 주먹 한 번 안 휘둘러도 이미 충분히 강하다고 해야 할 거 같은데?"

"그게 무슨 소리야?"

"여기 온 지 얼마 되지도 않아 저 쿠마 가의 차이르를 후견인으로 만들었잖아. 게다가 차이르의 소개와 세련된 사교술로 명가의 직계 중 많은 사람들에게 호감을 사고 있고 말이야. 아무리 나이가 어린 후예들이 상당수라 해도 이 정도라면 남부 대륙에서 그를 무시할 수 있는 사람은 많지 않을걸?"

"파티석상에서 주목을 받는 건 광대도 할 수 있어."

시바가 코웃음을 쳤다. 적당한 아부와 농담으로 나이 어린 여자아이들의 환심을 사고 있는 샤렌을 인정하고 싶지 않은 것이다.

이에 카르틴이 두 눈을 가늘게 떴다.

"그가 차이르에게 접근해 친구로 인정받은 게 과연 우연일까?"

"……?"

시바는 쌍꺼풀이 없는 커다란 눈으로 카르틴이 말하고자 하는 바가 무엇인지를 질문했다.

"애초 우리가 브리올렛에게 왔을 때를 생각해 보라고."

"……!"

　카르틴과 시바가 브리올렛에게 왔을 때, 브리올렛은 샤렌에게 차이르에 대해 설명하는 중이었다. 자신들이 도착하기 전 샤렌이 브리올렛에게 차이르에 대한 뭔가를 물어봤다는 뜻이었다.

　"우연이 아니라는 법도 없어."

　시바는 여전히 샤렌을 인정하고픈 마음이 없어 보였다.

　"뭐, 확실히 우연이 아니라는 법은 없지. 하지만 지금의 상황마저도 그렇다기엔 우연이 너무 겹치는데?"

　"지금 상황?"

　"저 남자, 의도적으로 크리스를 챙기고 있다고."

　카르틴이 가벼운 턱짓으로 샤렌을 가리켰다.

　"크리스가 마음에 드나 보지."

　시바는 더 못마땅한 표정을 지었다.

　"내가 보기엔 크리스가 미르안 쪽으로 시선을 돌릴 때마다 챙기는 거 같아서 말이지."

　"……!"

　시바는 그제야 카르틴이 무슨 말을 하는지 알아들을 수 있었다. 그녀 역시 브리올렛과 미르안의 관계에 대해 잘 알고 있었던 것이다.

　더불어 아까부터 이 파티 석상의 이상 기류에 대해서도 감지했다. 미르안이 의도적으로 파티의 분위기를 해하려는 게 역력히 보였던 것이다.

Rhapsody Of Cardival

"저 남자가 일부러 크리스가 미르안 쪽으로 못 돌아가게
하는 중이란 거지?"

시바는 날카로운 시선으로 샤렌을 새삼스레 살피며 물었
다.

"우연과 우연의 중첩이라기에는 너무 공교롭지 않아?"

잠시 샤렌을 바라보던 시바가 시선을 거둬들였다.

"정치가 기질이 다분한가 보지."

시바의 관심은 누군가가 강한가, 그렇지 않은가에 있을 뿐
이다.

애초부터 파티에 참석해 노닥거리는 명가의 후손조차 싫
어하는 시바였다. 평소 귀여워하는 브리올렛의 초대가 아니
었다면 이런 장소에 오지도 않았을 것이다.

"아직 스물이 안 된 아이들이 많다 해도 명가의 후계로서
훈련을 받고 자라온 저들이야. 저들이 가득한 이곳에서 한순
간 분위기를 휘어잡고 컨트롤할 정도의 인물이라면 그것만으
로도 대단하다고 할 수 있지. 저런 남자가 정말로 제대로 된
무력까지 갖고 있다면 정말 무섭지 않겠어?"

"브리올렛을 구해낼 때 무슨 수를 썼는지는 모르겠지만,
무투의 기본조차 갖춰지지 않은 자야."

이미 샤렌에 대한 관찰을 끝낸 시바가 무감정하게 말했다.

"저 정도의 심계를 가진 자라면 자신의 경지를 일부러 감
출 수도 있지 않을까?"

카르틴의 말에 시바의 아름다운 눈썹 한쪽 끝이 올라갔다.

"저 남자가 우리의 안목을 넘어설 경지에 올랐다는 이야기야?"

절대적으로 인정할 수 없다는 표정.

스스로의 무위에 강한 자부심을 가진 시바의 입장에서는 당연한 일이었다. 절대의 강자라면 자신보다 하수에게 스스로 가진 바 무위를 드러내지 않을 수 있다. 서로의 차이가 클수록 쉬워지는 일이다.

다시 말해, 카르틴은 저 북부인이 자신들로서는 처다볼 수도 없는 높은 경지에 오른 전사라는 것이다.

"난세가 다가오고 있으니 인재도 속속들이 모습을 드러내지 않을까?"

"기껏해 봐야 우리 또래야."

시바는 되도 않은 이야기라는 기조를 유지했다. 신진이십사수 중 네이탄, 발자크, 자카르에 등 최고로 꼽히는 일곱 명이라 해도 자신들의 안목을 넘어서 무위를 감출 정도는 아닌 것이다.

"남부 대륙에서는 확실히 무리랄 수밖에 없는 상황이지. 제아무리 비전을 이어받아도 잉크라의 축적에는 물리적 시간이 필요하니까. 하지만 북부 대륙은 좀 다르지 않겠어? 바라카는 수련에 의한 축적보다는 자각이나 격발이라 표현해야 하는 쪽에 가깝잖아. 신의 축복에 의해 일깨워지는 힘이라니까 말이야."

샤렌이 물리적 시간의 한계를 벗어났을 수도 있다고 말하는 카르틴이었다.

"난 홀라덴의 사대성위에 빨강 머리 남자가 있다는 이야기는 못 들었어."

카르틴의 말대로 북부 대륙에서는 나이를 초월한 절대의 강자들이 배출되곤 한다. 대표적인 예가 바로 성국 홀라덴의 사대성위였다. 교황의 직접적인 축원으로 인해 아우티카의 총애를 받게 된 그들의 무위는 남부 대륙에까지 명성이 자자했다.

하지만 제아무리 신의 축복에 기인한 바라카를 사용한다 해도 북부 대륙에서 배출하는 강자들 역시 세월의 단련을 필요로 했다. 검공이라 칭송받는 테오타신이나, 대제국 트라시아의 황제처럼 일정한 시간 동안 수련을 거쳐 절대의 강자로서 명성을 떨치는 것이다.

결국 시바는 샤렌이 사대성위가 아닌 이상, 저 정도의 나이 또래에서 자신들의 안목을 뛰어넘는 강자일 리가 없다고 말한 것이다.

"내가 지나친 억측을 한 건가?"

시바의 단호한 태도에 카르틴이 한 걸음 물러서는 듯한 태도를 보였다.

"확실히……!"

시바는 가볍게 카르틴의 말을 받았다. 재고의 여지도 없다는 듯한 태도였다.

"브리올렛의 설명도 설명이지만, 분수에 맞지 않는 물건에 대한 속담이 자꾸 떠올라서 그랬나 봐."

"분수에 맞지 않는 물건?"

"보구의 날카로움은 자신 또한 겨눈다는 속담 알지?"

질문을 던진 카르틴은 어깨를 살짝 움츠렸다. 설마 그런 속담도 모르겠냐는 식으로 바라보는 시바의 시선 때문이었다.

카르틴은 재빨리 다음 말을 이어 붙였다.

"하핫! 속담을 알면 날 보면 안 되는 거 아냐?"

그제야 시바는 카르틴이 말하고자 하는 바를 깨달았다.

이어 그녀의 시선이 샤렌이 허리에 차고 있는 무구로 향했다. 재질을 알 수 없는 무구의 집과 손잡이가 보였다. 검신의 폭이 무척 넓은 기형검(奇形劍)의 일종으로 보였는데, 한눈에도 범상치 않은 물건임을 알 수 있었다.

"흠! 겉모습만 봐서는 제대로 알 수 없잖아?"

"드러난 모습이 저 정도면 내용물과 상관없이 대단한 가치를 지니고도 남지."

조금 전 카르틴이 말한 속담은 능력없는 자가 보구를 소유하면 오히려 화를 입는다는 내용이었다. 전사라면 누구나 욕심을 내는 보구인만큼, 그것을 소유하려면 보구에 걸맞은 무력을 가져야 한다는 것이다. 그렇지 않다면 누군가에게 빼앗

기기 십상이므로.

결국 여행을 통해 이곳에 도착한 샤렌이 저 정도의 물건을 계속해 소지하고 있다는 것은 자신이 가진 보구를 지켜낼 능력이 있다는 말이었다.

"물론 저게 겉만 화려한 물건이라면 네게는 별 가치가 없겠지만, 무구를 상품으로 여기는 사람도 얼마든지 있거든."

시바의 경우라면 무구로써(?)의 가치가 최우선이다. 즉, 본연의 목적에 충실한 무구만을 인정하는 것이다.

하지만 그녀라고 해서 액세서리의 일종인 패검(佩劍)의 가치에 대해 무지하지는 않았다. 시바 역시 세공이 뛰어나거나 비싼 보석으로 장식된 패검 중에서도 엄청난 고가에 거래되는 물건들이 왕왕 있음을 알고 있는 것이다.

"어느 경우든 저 정도의 물건에 어울리는 실력을 가졌다 이건가?"

"아, 솔직히 모르겠어. 나라고 해서 저 남자가 우리의 안목을 한참이나 넘어서는 실력을 가졌다고 인정하고 싶지는 않으니까 말이야. 하지만 그를 눈에 보이는 움직임 몇 가지로 어림짐작한 만큼, 눈에 보인 물건 또한 외면할 수도 없잖아?"

샤렌의 움직임으로 실력을 짐작했으니, 그가 가진 물건 또한 실력을 가늠하는 잣대가 된다는 뜻이었다.

"확인해 볼 방법은 간단하지."

시바의 말에 카르틴은 펄쩍 뛰었다. 어느새 검의 힐트에 엎어진 그녀의 손을 본 것이다.

"참아, 시바! 브리올렛이 울기라도 하면 어쩌려고 그래?"

"……."

누구에게든 지는 것을 싫어하고, 무위의 신장을 위해서는 목숨도 서슴지 않고 거는 시바였다.

하지만 그녀에게도 약점이 있으니 바로 브리올렛의 눈물이었다.

"난세가 코앞이야. 그의 능력을 확인할 기회는 얼마든지 있다고."

"쳇! 서로 검을 섞으면 금방 알 것을……."

카르틴의 타이름에 시바가 투덜거렸다. 아리따운 생김새와는 너무나 다른 그녀의 성격에 카르틴은 새삼 웃음을 터뜨렸다.

'저 말괄량이를 다룰 수 있는 남자가 과연 이 세상에 있기나 할까?'

어릴 때부터 친분이 두터운 자신조차 시바의 앞에서는 쩔쩔 맨다. 신진이라 불리는 젊은 강자 중에서도 최고로 꼽히는 그녀의 오빠 발자크도 자신의 여동생 이야기가 나오면 고개를 좌우로 흔든다고 할 정도였던 것이다.

2

"아! 정말 즐거운 파티였어요. 친구들이 샤렌님 멋있다고 얼마나 호들갑을 떨던지……."

마지막으로 떠난 카르틴과 시바를 배웅한 브리올렛은 뿌듯한 얼굴로 말했다.

여자의 마음을 얻는 것도 아니고 그저 호감을 사는 수준의 대화란 샤렌에게 있어서 더없이 쉬운 일이었다. 샤렌은 파티 내내 세련된 매너와 품위있는 대화를 통해 브리올렛 친구들의 환심을 샀던 것이다.

자신의 손님에게 호의를 표하는 친구들로 인해 한껏 우쭐해진 브리올렛이었다.

"브리올렛님이 저를 이렇게 치장해 주신 게 효과가 있었나 보군요."

샤렌은 모든 공을 브리올렛에게 돌렸다.

"헤헷! 사실 미르안 그 여우 같은 계집애 때문에 파티를 망칠 뻔했는데 다행히 차이르 오라버니가 나서주셨네요. 참! 그러고 보니 대체 어떻게 차이르 오라버니와 그렇게 빨리 친해지신 거예요?"

차이르가 아니었다면 미르안의 방해로 인해 카르틴과 시바를 포함한 몇 명에게 샤렌을 소개하는 데 그쳤을지 모르는 파티였던 것이다.

"뭐… 차이르가 설명한 대로예요."

"흠……."

불충분한 대답이 못마땅하다는 듯한 표정을 잠시 지어 보인 브리올렛의 얼굴에 금세 다시 웃음이 번졌다.

"역시 샤렌님은 뭔가 특별한 데가 있는 것 같아요. 평소의 차이르 오라버니라면 자신의 친구를 소개한다고 해도 그렇게 적극적이지 않았을 테니까요."

말을 하면서 브리올렛의 미소는 더욱 짙어졌다.

"덕분에 미르안 그 계집애가 분해 어쩔 줄 모르는 모습을 봤네요. 호호호호!"

과정이야 어쨌든 파티를 망치려던 미르안의 의도를 수포로 돌린 게 너무나 고소한 브리올렛이었다. 통쾌함이 가슴에서 일렁여 웃음을 참을 수가 없을 정도였다.

특히 스스로의 성격을 이기지 못해 미르안이 도중에 돌아가는 모습은 다시 생각해도 시원하기만 했다.

너무나 좋아하는 브리올렛을 보며 샤렌은 흐뭇한 미소를 지었다. 여자를 즐겁게 해주는 데는 도가 텄다고 해도 과언이 아닌 그였다.

하지만 이번에는 경우가 달랐다. 남녀 간의 연정을 전제로 하지 않고 순수한 마음으로 브리올렛을 위했을 뿐이다.

'누군가에게 도움이 된다는 것, 제법 할 만하잖아?'

어쩐지 보람이 느껴지는 자신의 행동이었다. 뿐만이 아니었다. 여자를 유혹하던 기술(?)들이 자신의 생명을 구해낼 때뿐만 아니라 꽤 다양한 곳에서 유용하게 활용할 수 있다는 사실도 깨달았다.

'내가 가진 건 보잘것없는 몇 가지 재주뿐인데… 그것만으로도 몇 년 뒤 닥쳐올 재난에 도움이 될 수 있을까?'

샤렌은 시우카와 아스카에게 나름의 각오를 밝히긴 했지만, 과연 자신이 무엇인가를 해낼 수 있을지는 아직까지 확신이 들지 않았다. 모리엔트의 이종족들이 가진 엄청난 능력을 알고 있기 때문이다. 그들에 비하자면 하찮다는 말조차 부족한 자신 또한 잘 알고 있었다.

그런데 시간이 흐를수록 가슴속에서 자꾸만 무엇인가가 꿈틀댄다. 아마 브리올렛을 암습자들에게서 구해냈을 때부터였을 것이다. 자신의 능력을 통해 누군가의 생명을 구했다는 사실이 계속해 가슴을 두근거리게 했다. 우연치 않게 이오나를 구했을 때와는 또 다른 느낌이었다.

물론 세상을 구해내는 거창한 영웅 따위를 꿈꾸는 것은 아니었다. 그저 스스로 많은 준비를 할수록 한 명에게라도 더 큰 도움이 될 수 있지 않을까 하는 생각이 계속해 머릿속을 맴돌 뿐이었다.

그렇게 샤렌이 자신에 대해 정리하고 있는 사이, 브리올렛은 피곤하다며 자신의 방으로 올라갔다. 무의식중에도 계속해 하온을 순환시키고 있는 샤렌과는 달리 파티 준비와 진행으로 지쳐 버린 것이다.

샤렌도 방으로 돌아가기 위해 로비의 계단으로 향했다. 파티는 끝났지만 로비는 여전히 분주했다. 메르타 가문의 시종들과 카페시아의 파견 직원들이 파티의 뒷정리에 한창이었던 것이다.

쟁반과 접시를 손에 들고 바쁜 걸음을 옮기는 그들을 뒤로하고 샤렌이 막 계단을 올라서려 할 때였다.

"잠시만 시간을 내주십시오!"

카페시아의 것으로 보이는 복장을 갖춘 파견 직원 하나가 낮은 목소리로 샤렌에게 말을 걸어왔다.

"……?"

샤렌은 파견 직원을 돌아봤다. 짙은 눈썹에 서늘한 눈빛을 쏟아내는 눈, 우뚝 솟은 코에 굳게 다문 입술이 강인해 보이는 남자였다.

방금 전의 은밀한 목소리가 호방하고 시원스런 생김과 어울리지 않게 느껴져 샤렌에게 묘한 이질감을 불러일으켰다.

"저는 혼천(混天)의 27대인 키하루라고 합니다."

정중하면서도 깍듯하기 짝이 없는 인사였으나, 샤렌은 놀라지 않을 수 없었다. 브리올렛이 말했던 남부 대륙의 12암가 중 하나가 바로 혼천이었기 때문이다. 샤렌은 저도 모르게 마령의 도병으로 향하는 손을 억지로 멈춰 세웠다.

카페시아의 직원으로 가장해 이미 메르타 가문의 파티에 잠입한 사내였다. 악의를 가진 접근이었다면 스스로 자신을 소개하고 나서지는 않았을 것이다.

샤렌은 과민한 반응을 절제하며 스스로를 키하루라 밝힌 사내의 의도가 무엇인지 살피기로 했다.

"혼천의 가주께서 뵙기를 청하십니다. 부디 열흘 뒤 자정, '투잔의 안식처' 에 와주셨으면 합니다."

'투잔의 안식처' 가 어디인지는 샤렌도 잘 알고 있었다. 얼마 전 브리올렛과 함께 다녀온 적이 있는 곳이었다.

하지만 샤렌은 선뜻 대답을 할 수가 없었다. 방금 전의 말만으로는 혼천이라는 암가에서 자신에게 바라는 바가 무엇인지 알아내기에 부족했다.

샤렌이 붉은 눈을 반짝이며 자신의 얼굴만을 바라보자 키하루는 황망히 고개를 숙였다. 마치 황송하다는 듯한 표정인지라 샤렌은 의아한 마음이 들었다. 지나칠 정도로 공손한 그의 태도를 이해하기 힘들었던 것이다.

"미처 찾아뵙고 문안을 드리지 못하는 사정을 헤아려 주십시오. 엔살룸 전체에 명가 놈들이 가득 차 있음에 다르지 않는 상황인지라 이렇게라도 소식을 전하는 것이 저희로서는 최선이었습니다."

'문안……?'

키하루의 이해 못할 발언은 계속되었다.

'대체 암가의 가주가 왜 나한테 인사를 하겠다는 거지?'

샤렌은 키하루의 저의를 파악하기 위해 그의 얼굴을 세심히 살폈다.

하지만 제아무리 샤렌이라 하더라도 얼굴만 보고 머릿속 생각을 읽어낼 방도는 없었다. 자세나 시선으로 보아 적의를 지닌 것은 아니라는 추측만 할 수 있을 뿐이었다.

그렇게 샤렌이 키하루의 얼굴을 뜯어보는 사이, 안력의 집중이 하온의 반응을 불러일으켰다. 지난날 알포네에서 그랬던 것처럼 샤렌의 두 눈에서 실제로 빛이 쏟아져 나온 것이다.

타오르는 듯 붉은빛이 일렁이는 샤렌의 시선을 대하자 키하루는 아예 허리까지 깊숙이 숙이며 황망히 말했다.

"용서하십시오! 그저 미천한 저희들의 소청이었을 뿐입니다. 저희들의 수천 년을 이어온 염원인지라……."

자신의 두 눈에서 붉은빛이 쏘아져 나왔다는 사실을 알지 못하는 샤렌에게는 키하루의 행동이 계속해 의문을 더할 뿐이었다.

'미천한? 수천 년을 이어온 염원?

자신들을 저렇게까지 낮추는 암가도, 저들이 바라는 염원도 샤렌으로서는 알 수가 없었다.

"자정 이후 동이 틀 때까지 기다리겠습니다. 물론 오시지 않으면 때가 아닌 것으로 알겠습니다."

키하루는 그렇게 재빨리 말하고는 몸을 움직였다. 로비로 메르타 가문의 호위무사가 들어선 것이다.

Rhapsody Of Cardival

키하루는 태연한 표정으로 테이블의 접시와 컵들을 치웠다.

잠시 그의 뒷모습을 바라보던 샤렌은 계단을 오르기 시작했다. 미간을 잔뜩 찌푸린 그의 심정은 혼란 그 자체였다. 브리올렛의 목숨을 노리던 자들이 왜 자신에게 접근해 온 건지 여전히 이해할 수가 없었던 것이다.

3

"혼천이라고요?"

옷을 갈아입은 후 막 씻을 준비를 하려던 브리올렛은 커다란 눈을 튀어나올 듯 떴다. 안색이 새하얗게 질린 것은 물론이었다. 집 안에 스스로 암가의 영자를 들인 셈이니 당연한 일이다. 짧은 시간 동안 파티를 준비하느라 무리를 했기 때문이다. 설마하니 암가의 영자들이 파견 직원을 가장해 잠입해 들어오리라고는 생각도 못했던 것이다.

모두 부친 몰래 파티를 벌인 게 문제였다. 만약 부친이 파티를 주최했다면 파견 직원의 신분 또한 철저히 조사했을 게 분명했다.

결국 자신의 부주의로 인해 큰 사단이 벌어질 뻔했다고 생각하니 등에서 절로 식은땀이 흘러내려 왔다.

"네. 지난번에 브리올렛님이 12암가에 대해 말할 때 들었던 이름이라고 생각되는데……."

"맞아요! 12암가 중 가장 강력한 힘을 가진 네 가문을 암향사가(暗香四家)라고 해요. 그중에서도 제일로 꼽히는 곳이 바로 혼천암향가(混天暗香家)죠. 영자 중 가장 지독하다고 꼽히는 암혼이라 해도 혼천의 영자들에 비하면 아무것도 아니라고 들었어요."

브리올렛은 생각만으로도 끔찍하다는 듯 가볍게 몸을 떨었다. 만약 저들이 파티가 진행되는 동안 암습을 가했다면 어찌 되었을까 하는 생각이 절로 든 것이다.

"사실 암향사가의 경우에는 어지간한 명가에 비해 오히려 더 강하다고 해도 과언이 아니에요. 그들이야말로 열두 개 암가를 지탱하는 힘이니까요. 특히 혼천암향가의 경우, 단순히 무력만을 논하자면 명천팔대가문과 어깨를 나란히 할 정도래요."

"흠, 그런 곳의 가주가 왜 저를 만나자고 했을까요?"

"지난번 그 일 때문이 아닐까요?"

"지난번?"

"샤렌님이 절 구해주셨을 때 말이에요. 엄청난 무위를 봤으니 저들이 겁을 먹었을 수도 있잖아요."

브리올렛이 나름의 추론을 꺼내 들었다.

"무투를 익힌 명가의 후손들도 노리는 자들이라면서요?"

"네. 성공한 사례는 극히 적지만 직계, 혹은 방계의 인물

중에서 암가의 영자들에게 당한 경우도 있긴 해요."

"그렇다면 말이 안 되죠. 제가 가진 재주는 실제 싸움이 벌어지면 크게 유용하지 못하거든요."

브리올렛은 그렇지 않다고 말하려다 입을 다물었다. 잉크라의 비전을 이어받은 명가의 직계들이야말로 상상을 초월할 무위를 지니고 있다. 샤렌이 그들보다 압도적으로 강해 암가의 인물들이 겁을 먹는다고 생각하기는 힘들었던 것이다.

"혹시 샤렌님을 매수하려는 것은 아닐까요?"

"브리올렛님을 해치기 위해서요?"

브리올렛이 고개를 끄덕였다.

"카페시아의 파견 직원으로 위장해 이미 이곳에까지 잠입했던 그들이잖아요. 애초 목적이 브리올렛님이었다면 얼마든지 기회를 노릴 수 있지 않았을까요? 음식에 독을 탈 수도 있고 말이에요."

"독을 타는 건 불가능해요. 모든 음식이 나오기 전에 철저히 검사를 받으니까요. 그리고 제아무리 혼천의 영자라 해도 호위를 거느리고 온 명가의 직계 후손들이 가득한 장소에서 그런 무모한 짓을 벌일 수는 없죠."

"다들 돌아간 뒤에도 그럴까요?"

"한차례 혼란은 있었겠지만 메르타 가문의 호위는 그렇게 녹록치 않아요. 카페시아의 파견 직원이 열 명 정도니까, 그들 전부가 영자들이라 해도 저를 해칠 수는 없었을 거예요."

일리가 있는 말이었다. 카페시아의 파견 직원은 파티가 끝난 후에야 로비의 출입이 가능했다. 물론 안전상의 이유 때문만은 아니었다. 제아무리 레스토랑의 직원이라 해도 명가의 후손들을 접대하기엔 부족함이 있으므로 행여 있을지 모를 실수에 대비했던 것이다.

"저들은 브리올렛님한테 내가 이 이야기를 하지 않으리라 확신했을까요?"

샤렌의 질문에 브리올렛이 미간을 찌푸렸다. 매수를 위한 접근이었다면 굳이 자신의 소속을 밝힐 이유가 없었다.

"흠, 아무래도 제 식견만으로는 부족한 것 같네요. 구에프와 상의를 해봐야겠어요."

샤렌은 고개를 끄덕여 브리올렛의 의견에 동의했다. 자신 역시 남부 대륙의 판도에 대해 아는 바가 거의 없어 무엇인가를 판단할 수가 없었던 것이다.

방을 나선 두 사람은 곧바로 구에프의 방으로 향했다.

Chapter 5

1

아직 붕대를 풀지 못한 구에프는 억지로 몸을 일으
키려다 브리올렛의 잔소리를 한차례 들어야만 했다.

이어 사연을 들은 구에프의 눈썹이 하늘을 향해 치켜 올라
갔다.

"감히! 쓰레기 같은 놈들이 메르타 가문에 발을 디디다니!"

이마에 푸르스름한 혈관이 도드라지는 것으로 미루어 어
지간히 화가 난 모양이었다.

"그러게 가주께서도 안 계시는 데 왜 파티를……."

"지금 이미 벌어진 일을 가지고 날 탓하겠다는 거야?"

적반하장으로 소리를 빽 지르는 브리올렛으로 인해 구에

프는 입을 다물었다.

"아무 일도 없었잖아. 그러니까 지금 당면한 문제에 집중을 하자고."

브리올렛은 마치 자신보다 어린 사람을 타이르듯 말했다.

구에프는 뭔가 할 말이 더 있는 표정이었으나 입 밖으로 꺼내지는 않았다. 브리올렛의 성격을 누구보다 잘 아는 그였기 때문이다.

잠시 뭔가를 고심하던 구에프가 입을 열었다.

"일단 샤를로엔님의 매수가 저들의 의도라고는 생각되지 않습니다."

"왜?"

"암가의 놈들이 전부 쓰레기긴 하지만, 제 나름의 규칙이 있습니다. 바로 타 가문에서 받은 의뢰에는 손대지 않는다는 거죠. 즉, 하나의 목표를 두 가문이 공유하는 법이 없습니다."

"에? 지난번에 우릴 습격했던 암혼이 어느 가문인지 알고 있는 거야?"

브리올렛이 놀란 눈으로 물었다.

"그랬다면 가주께서 가만히 계시지 않았을 것입니다. 혹비연 도일은 출신이 알려지지 않았고, 암혼은 한 가문의 영자들을 지칭하는 것이 아니니 정확한 소속을 알 수는 없지요."

"그런데 왜 그들이 혼천암향가의 영자들이 아니라고 생각하는 건데?"

브리올렛이 커다란 두 눈을 초롱초롱 빛내며 물었다. 이미 피곤은 싹 잊은 그녀였다.

"암향사가에서는 암혼을 배출하지 않으니까요."

"에? 그 유명한 암혼인데 암향사가 쪽이 아니란 말이야?"

"암향사가는 다른 암가들과는 사뭇 다른 방식으로 암습을 저지릅니다. 단독 살행(單獨殺行)! 그게 암향사가가 지향하는 방식이지요."

"아하! 그러니까 무리를 지어 습격하는 암혼들은 암향사가가 아닌 게 되는구나?"

브리올렛은 마치 재미난 이야기를 듣는 아이처럼 흥미가 생긴 모양이었다.

"자세히 밝혀진 것은 없지만, 암향사가의 영자들은 암습이 아니라 결투를 한다는 소문도 있습니다."

"호오! 명가의 직계, 방계를 상대로 결투를 한다고? 암가의 영자들에게도 그 정도의 힘이 있단 말이야?"

브리올렛은 놀라지 않을 수 없었다. 개개인의 무위에 있어서는 언제나 명가가 암가를 압도한다고 알아왔기 때문이다.

"물론 헛소문일 수도 있습니다. 아니, 헛소문일 가능성이 크지요. 하지만 그런 소문이 돌 정도로 암향사가의 영자들은 타 암가의 영자들과 구분이 된다는 겁니다."

"혹시 우릴 혼란시키려고 거짓말을 한 건 아닐까?"

브리올렛이 제기한 의문은 다른 가문의 영자가 혼천암향가를 사칭했을 수 있다는 것이다.

이에 구에프는 고개를 좌우로 저었다.

"아까 말씀드렸듯 쓰레기들에게도 나름의 규칙이 있습니다. 절대로 타 가문을 사칭하진 않죠."

"하긴, 스스로 목숨을 끊을지언정 적에게 소속을 밝히는 법이 없는 자들이니까. 말을 안 하면 안 했지 굳이 거짓말을 할 필요는 없겠지."

브리올렛도 쉽사리 동의를 표했다.

"그럼 제게 접근해 온 목적이 대체 무엇일까요?"

침묵 속에서 구에프와 브리올렛의 대화를 듣던 샤렌이 물었다.

"혹시 엔살룸으로 오는 여정 중에 저들과 연관이 될 만한 일을 겪으신 적 없습니까?"

구에프의 질문에 샤렌은 고개를 가로저었다.

"말씀드린 대로 제가 알포네에서 내려와 처음 본 사람이 바로 두 분입니다."

구에프는 이미 샤렌이 알포네를 넘어왔음을 알고 있었다. 해서 샤렌은 감추지 않고 알포네를 꺼내 든 것이다.

구에프는 미간에 깊은 주름을 잡았다.

"이 상태로는 어떤 판단도 내리지 못할 것 같군요."

"그럼 역시 저들을 만나봐야 할까요?"

샤렌의 질문에 구에프가 화들짝 놀라는 표정이었다.

"저들의 목적도 모르는 상태에서 그런 행동은 위험합니다."

"하지만 이대로 가만히 있을 수도 없지 않습니까? 저들의 뜻대로 되지 않게 되면 무슨 짓을 벌일지도 모르는 일이니 말입니다."

구에프의 이마에 파인 주름의 깊이가 더해졌다. 이미 메르타 가문의 잠입에 성공한 저들이다. 마음먹고 사단을 벌이겠다고 나서면 브리올렛에게 해가 가는 일이 발생하지 말라는 법도 없었다.

특히 상대가 혼천암향가라면 더욱 그랬다. 단독으로 메르타 가문가 맞붙는다 해도 승리를 장담할 수 없는 상대인 것이다.

"일단은 가주께 보고를 드리는 게 좋겠습니다."

"맞아, 그러는 게 좋겠어."

구에프의 말에 브리올렛도 맞장구를 쳤다. 복잡한 문제일수록 부친에게 맡기는 게 좋다는 걸 그녀는 잘 알고 있었던 것이다.

2

전령이 떠나고 두 시간여 정도가 지났을 때, 막수스가 수하들을 이끌고 임시 숙소로 돌아왔다. 연속으로 개최되는 회의 기간 중에는 좀처럼 집으로 돌아오지 않는 막수스였다. 따라서 그가 이번 사안을 얼마나 중시하는지 짐작할 수 있었다.

부친과의 대면이 한차례 호통으로 시작될 거라 생각한 브리올렛은 잔뜩 목을 움츠렸지만, 예상했던 것과는 상황이 다르게 돌아갔다.

막수스는 딸을 한 번 쳐다본 후, 곧바로 샤렌에게 질문을 했다.

"혼천의 후대(後代)가 집적 접촉을 해오셨다고요?"

"네. 그쪽 가주가 저를 보고자 한다고 전해왔습니다."

막수스의 정명한 눈이 샤렌의 얼굴을 직시했다. 마치 샤렌의 마음을 꿰뚫어 보고 싶다는 듯한 시선이었다.

샤렌은 담담히 막수스의 시선을 받아냈다. 누군가 브리올렛을 노리는 상황 중에 암가에서 자신에게 접촉을 해왔으니 그가 의심을 할지도 모른다는 생각에서였다. 위축된 모습을 보일 때가 아니었다.

"잠시 저와 이야기를 나누실 수 있겠습니까?"

막수스가 정중히 물었다.

"네."

샤렌의 대답을 확인한 막수스가 주변을 돌아봤다. 긴한 이야기를 나눌 터이니 다들 자리를 피하라는 뜻이었다.

그의 뒤에 시립하듯 서 있던 사내가 제일 먼저 막수스의 뜻을 가늠하고는 로비를 벗어났다. 그는 지난번 막수스가 샤렌을 조사하라고 시켰던 사내였다.

뒤이어 구에프와 다른 수하들이 로비를 빠져나갔고, 브리올렛만이 남아서 쭈뼛댔다. 샤렌의 일이니 자신도 알고 싶다는 뜻이었다.

하지만 지금 상황에서 막수스의 시선을 받고 버틸 수는 없었다. 조금 전에 대판 혼나지 않은 것만으로도 감사해야 할 처지였던 것이다.

그녀는 입술을 대자로 내밀고는 로비에서 벗어났다.

"이야기가 조금 길어질 듯하니 일단 저쪽으로 앉으시지요."

막수스는 로비 한쪽의 소파를 가리키고는 본인이 먼저 몸을 움직였다.

두 사람은 직각으로 꺾여 맞닿은 소파에 앉았다.

"딸아이에게 남부 대륙의 62명가와 12암가에 대해 들으셨습니까?"

"대략은 들었습니다."

"말 그대로 62명가는 대륙의 낮을 지배하고, 12암가는 밤을 지배한다고 생각하시면 됩니다."

샤렌은 고개를 갸웃거렸다. 브리올렛에게 들은 것과는 약간 다른 내용이었기 때문이다.

"저는 암가라는 곳이 암살을 도맡아 하는 살인자들의 집단인 줄로만 알았습니다.”

“물론 암살 역시 저들의 업 중 하나입니다만, 그게 전부는 아니지요. 남부 대륙에서 벌어지는 모든 지저분한 일의 뒤에는 저들이 있다고 봐도 무방합니다.”

“그렇군요.”

처음 듣는 내용이었으나 샤렌은 막수스의 말을 쉽게 이해했다. 레비크에서도 밀수, 도박, 매춘, 밀주 제조, 고리대금 등을 다루는, 소위 말하는 암흑가에 대한 이야기를 들은 적이 있다. 사회가 인정하는 규범과 법의 통제에서 벗어난 자들은 어느 곳에도 있으리라.

“그렇게 명가와 암가가 남부 대륙을 낮밤으로 나눠 지배하게 된 것은 사실 지닌바 힘의 차이 때문만은 아닙니다.”

이미 브리올렛에게 암향사가의 힘이 여느 명가에 못지않다는 이야기를 들은 샤렌은 일단 고개를 끄덕인 다음 막수스의 말을 기다렸다. 힘이 아닌 무엇이 명가와 암가를 구분하는 건지 설명을 들어야 하는 것이다.

샤렌의 반응을 확인한 막수스는 본격적인 설명을 시작하기로 했다.

“샤를로엔님은 카르마탄 교에 대해 아십니까?”

“유일신을 섬기는 세키나 교와 달리 여러 신을 섬기는 다신교라고 알고 있습니다.”

막수스는 고개를 살짝 끄덕였다.

"맞습니다. 카르마탄 교는 확실히 다신교지요. 하지만 모든 신을 섬기지는 않습니다. 정확히 말하자면 절반의 다신교라고 볼 수 있지요."

막수스는 습관적으로 샤렌의 반응을 살펴가며 말을 이었다. 오랜 정치 생활로 인해 상대방이 자신의 말에 주의를 기울이는지 확인하는 것이다.

그와 같은 막수스의 대화법은 샤렌의 주의를 더욱 고취시켰다. 이 사람 앞에서는 작은 반응에도 신경을 써야 한다고 생각할 수밖에 없었다.

"혼돈과 미궁의 주인인 파오돈과 그를 따르는 여러 신들은 카르마탄 교에서도 신앙의 대상이 아닙니다."

샤렌에게 있어서는 생소한 이야기였다. 트라시아의 세키나 교 신봉은 절대적이어서 카르마탄 교의 교리에 대해 알 기회가 거의 없었던 것이다.

그런 샤렌의 반응을 막수스는 단박에 알아챘다.

이어 샤렌의 이해를 돕기 위해 만군의 주인인 사이온과 혼돈, 미궁의 주인인 파오돈의 반목에 대한 카르마탄 교의 신화에 대해 설명했다.

샤렌으로서는 난생처음 듣는 이야기였다. 자연히 관심이 생겨 귀를 기울였다. 아우티카를 경시하던 모리엔트의 이종족을 기억하는 샤렌이다. 아우티카가 사이온과 파오돈을 감당하지 못했다는 막수스의 이야기는 성휘족 베르테르의 발언과 일치하는 바가 있었던 것이다. 세키나 교에서는 생각조차 할 수 없는 내용이었지만, 샤렌에게 별다른 거부감은 없었다. 오히려 이쪽에 더 신뢰가 가기까지 했다.

"사실 카르마탄 교가 반쪽짜리가 된 것은 고작 천여 년 전의 일일 뿐입니다. 신화의 유실, 아니, 의도적인 말살 또한 그 때쯤에 행해진 것이지요."

"의도적인 말살이라고요?"

"네. 사실 조금 전 말씀드린 신화의 내용은 전반부에 불과합니다. 후반부는 신들의 시대가 아닌 인간들의 시대에 대해 이야기된 예언입니다. 그 예언이 인간들에 의해 감춰지게 된 것이지요."

"감춰진 내용을 제가 알 수 있겠습니까?"

누군가에 의해 일부러 감춰진 내용이었다. 그러니 샤렌은 내용에 대해 묻는 데 조심스러운 태도를 취한 것이다.

막수스는 그런 샤렌의 태도가 흡족하다는 듯 미소를 지은 후 고개를 끄덕였다.

"신화에서는 파오돈의 뜻을 받든 파괴신 아젠투어가 현세에 환생한다고 되어 있습니다."

"파괴신의 환생이라고요?"

"네. 아젠투어는 기존의 부조리한 모든 것을 파괴하게 됩니다. 그리고 찾아올 혼돈을 거쳐 새로운 세상이 창조된다는 것이지요. 새롭게 창조된 세상이야말로 궁극적인 낙원이라는 겁니다."

"사후가 아니라 현세에 낙원을 세운다는 교리군요."

카르마탄 교뿐만 아니라 세키나 교도 죽은 후에 영혼이 이르는 낙원에 대해 설파한다.

따라서 샤렌은 유실되었다는 교리의 후반부가 지금의 교리와 어떤 차이가 있는지 쉽게 이해할 수 있었다.

"그렇습니다. 바로 그 때문에 신화가 이어지는 게 끊긴 겁니다."

제법 빠르게 막수스의 말을 받아들이던 샤렌이었으나, 지금으로서는 고개를 갸웃거릴 수밖에 없었다.

"그래 봐야 신화일 뿐이고, 언제 이뤄질지 모르는 예언이 아닙니까? 그런 이야기를 굳이 의도적으로 감출 필요가 있습니까?"

"샤를로엔님은 독실한 신앙을 갖지 않은 모양이군요."

막수스가 빙긋 웃었다.

"사실 그렇습니다. 다소 실망한 경험이 있다고나 할까요?"

어린 시절, 신심을 다했던 기도가 응답받지 못했기에 샤렌은 신앙을 버렸다. 이후 종교에 큰 의미를 두지 않고 살아왔다.

"남부인들의 대다수는 정말로 독실하다고밖에 표현할 수 없을 만큼 신앙을 가지고 있습니다. 이는 곧 하나의 교리가 현실에 미치는 영향이 지대하다는 뜻이기도 합니다."

샤렌은 침묵 속에서 고개를 끄덕였다. 종교란 어떤 신을 믿느냐의 문제만은 아니다. 신앙이 가지는 특성상 종교의 교리, 혹은 종교의 행사를 주관하는 이들이 현실에도 큰 영향력을 발휘할 수밖에 없다.

그 대표적인 사례가 바로 과거 에슬란이라 불리던 크샤트린의 몰락이었다. 트라시아는 종교적인 명분을 세워 에슬란을 침공했고, 성국 홀라덴의 지원하에 손쉽게 정복에 성공했던 것이다. 만약 홀라덴이 나서지 않았고, 종교적인 명분이 뚜렷하지 않았다면 타 왕국의 견제를 의식해야 하는 트라시아가 그렇게 쉽게 에슬란을 침공할 수는 없었을 터이다.

"문제는 종교가 가진 엄청난 영향력을 인간들이 잘 파악하고 있다는 데서부터 시작되는 겁니다. 하나의 교리가 온건히 수천 년을 이어져 내려올 가능성이 극히 희박하다는 것 역시 커다란 문제기이도 하고 말이죠."

시대에 따라 교리에 조금씩 첨삭이 가해진다는 것은 샤렌도 알고 있었다.

세키나 교에서 지금에 와서는 당연하게 받아들여지는 일인 사제의 순결서약 역시 그렇다. 불과 수백여 년까지만 해도 세키나 교의 사제들은 결혼을 할 수 있었고, 아이를 가질 수도 있었다.

그러다 보니 문제가 발생하기 시작했다. 사제도 인간인 이상 가장으로서의 굴레를 벗어나기가 힘들었던 것이다. 아내를 위해, 자식을 위해 물질에 탐욕을 내지 않을 수 없었다. 신전이 세습되기 시작했고, 신께 바쳐져야 할 신도의 정성이 사제의 사적인 용도로 사용되기 시작했다.

각 지역의 신전과 사제들의 부패가 극에 달하자 당시의 교황 이오투크스 3세가 강력한 교황령을 발동했다. 향후 사제가 될 자들의 결혼을 금지시킨 것이다.

당연히 반발은 거셌다.

하지만 교황은 북부 대륙에 속한 국가의 국력을 결정하는 바라카를 주관했다. 이오투크스 3세는 바라카를 협상의 대가로 각국에 협조를 구했다. 교황령에 황법, 왕법까지 갖춰지자 더 이상의 반발은 이어지기 어려웠다. 신전의 부패에 대한 민중의 원성까지 더해졌기에 교황령은 더더욱 힘을 받았던 것이다. 사제의 순결서약은 새로운 교리로 완벽히 자리 잡았다.

그렇게 교리는 필요에 따라 변하지만, 신도 중에서 그와 같은 사실을 인지하는 사람은 적다. 자신이 믿는 신앙이기에, 의심은 금지된 행동이기에, 사람들은 더더욱 교리의 정통성을 믿고자 하는 것이다.

"신화 후반부의 내용이 인간의 이권에 영향을 끼쳤나 보군요."

샤렌의 말에 막수스는 다시금 미소를 지었다. 확실히 이 청년과는 대화가 잘 통한다는 생각이 든 것이다.

"단순히 기득권을 가진 자와 그렇지 못한 자의 문제가 아니라, 새롭게 기득권을 갖게 된 자의 문제입니다. 약 천여 년 전의 남부 대륙을 지배했던 건 현재의 64명가가 아니었습니다. 당시에는 28개의 강력한 가문이 있었고, 그들이 남부 대륙의 실질적인 지배자들이었죠. 사라진 신화의 후반부로 인해 64명가가 새로운 지배자로 부상하게 된 것입니다.”

“신화의 후반부가 난세를 유발했나 보군요.”

“그렇습니다. 당시 자신이 아젠투어의 화신이라 주장했던 자가 등장했고, 그 파급력은 상상을 초월했습니다. 그의 등장으로 인해 남부 대륙은 난세에 접어들었습니다. 혼란 속에서 영웅들이 탄생했고 권력의 판도가 뒤바뀌었죠. 그 결과 새롭게 주도권을 갖게 된 64명가는 아이러니하게도 곧바로 신화의 후반부가 세상에 전해지는 걸 막았습니다. 필요한 모든 조치를 취했죠.”

“신화로 인해 권세를 장악했으니 신화가 행할 수 있는 힘에 대해 누구보다 잘 알 테니까요.”

“맞습니다. 신화 후반부는 심지어 64명가의 후손들에게조차 전해지지 않았습니다. 선조들은 자신들의 후손들이 가져야 할 자긍심에 손상이 가길 원치 않았던 것입니다. 진정한 지배자로서 대대손손 남부 대륙을 지배하길 원했던 거죠. 카르마탄 교가 다신교임에도 불구하고 이단에 대해 지독할 정도로 엄격한 것은 바로 그 때문입니다. 신화를 몰라도 파오돈과 아젠투어에 대한 신앙에 대해 영구적인 배척이 가능하니까 말이죠."

"새로운 교리의 성립이라고 봐야겠군요."

"어쩌면 교리만을 통한 온건한 신앙이란 인간에게 있어서 불가능한 일일지도 모르는 일입니다. 오직 신과의 직접적인 소통만이 온건한 신앙을 만들어낼 수 있겠죠."

막수스는 입가에 고소를 머금었다.

그때 샤렌이 고개를 갸웃거렸다.

"그런데 어떻게 가주께서는 신화의 후반부에 대해 그렇게 잘 알고 계신 겁니까?"

샤렌의 질문에 막수스는 역시나 하는 표정을 지었다.

이어 정색을 한 그가 물었다.

"샤를로엔님께서는 제 딸아이에 대해 어떻게 생각하십니까?"

샤렌은 잠시 시간을 두었다.

막수스 정도의 사람이 난데없이 브리올렛의 이야기를 꺼내지는 않았을 터.

아무 생각 없는 대답을 할 때가 아닌 것이다.

"밝고 명랑한 아가씨죠. 브리올렛님의 미소를 보고 있으면 저 역시 기분이 좋아지더군요."

딸에 대한 칭찬 때문인지, 아니면 기대했던 대답이어선지 막수스는 미소를 지었다.

"그 미소, 샤를로엔님께서 지켜주신 것입니다."

“별말씀을!”

샤렌이 고개까지 저으며 겸양을 했다.

“참으로 염치없는 부탁입니다만, 앞으로도 샤를로엔님께서 그 미소를 지켜주실 수 있겠습니까?”

“네?”

“제가, 아니, 저희 메르타 가의 모든 것을 다해 사례를 하도록 하겠습니다. 샤를로엔님에게 있어서 부족하지 않을 사례가 될 것입니다.”

“무슨 말씀을! 그러지 않으셔도 제 능력이 되는 한 최선을 다해 브리올렛님을 지킬 것입니다.”

흔들림없는 샤렌의 대답에 막수스는 만족스러운 미소를 지었다.

“사례에 대한 이야기는 나중에 하고, 일단 하던 이야기를 마저 끝내도록 하겠습니다. 사실 본론은 지금부터니까요.”

“네.”

“이제부터 듣게 될 이야기를 절대로 비밀이 유지되어야 합니다. 케신 철강의 차남 정도 되시는 분이시라면 엄중한 비밀의 무게에 대해 잘 아시리라 믿고 말씀드리고자 하는 것입니다.”

애초 샤렌은 일부러 자신을 소개할 때, 크라슈라는 성을 말하지 않았었다. 케신 철강을 등에 업고 살아가는 자신에게서 벗어나기 위해서였다.

한데 막수스의 입에서 케신 철강이라는 말이 나왔다.

이는 그가 자신의 신원을 이미 파악했다는 뜻이다.

"알고 계셨군요."

샤렌은 씁쓸한 미소를 지었다.

"오늘에서야 자세한 내용을 알게 되었습니다. 저희의 조사가 불쾌하시다면 사죄드리겠습니다."

"아닙니다. 당연히 그러시리라 생각했습니다."

아무리 사람이 좋다 하고 은혜를 입었다고 해서 신분도 모르는 북부인과 마냥 자신의 딸을 함께 둘 수는 없는 일이었다. 그러니 당연히 조사에 나설 수밖에 없었을 것이다.

"…다만 생각보다 빨리 아셨을 뿐입니다."

"샤를로엔님의 머리카락과 눈 색깔은 대륙을 통틀어서도 드물더군요."

"하하핫!"

그러고 보니 그랬다. 자신처럼 새빨간 눈과 머리카락은 확실히 찾아보기가 힘들었다.

한차례 웃음을 터뜨린 샤렌은 다시 정색을 하고 말했다.

"크라슈 가의 명예를 걸고 오늘 일에 대한 비밀을 엄수하겠습니다."

막수스는 이 젊은이가 참 재밌다고 새삼스레 생각했다. 중간 중간 말이 곁가지를 쳐도 핵심을 놓치는 법이 없었기 때문이다. 일부러 말을 돌려보기도 했지만 여지없이 본론을 파고

드는 청년이었다.

"감사합니다. 그럼 어떻게 해서 신화의 후반부가 저희 가문에만 전해져 내려왔는지 말씀드려야겠군요."

샤렌은 조용히 막수스의 설명을 기다렸다.

"신화 속에서 아젠투어는 인간으로 환생해 세상을 파괴하게 됩니다. 파괴를 통한 소멸의 대상은 인세의 해악과 부조리들이죠. 그 아젠투어를 인도하고 조율하는 역할을 담당하는 이가 있으니 바로 '아젠투어의 반려' 입니다."

"반려? 파괴신이 결혼을 하게 된다는 말입니까?"

"신화 속의 표현인만큼 반드시 결혼이라고 볼 수는 없을 겁니다. 동반자 정도라고 생각하면 되겠지요."

"그 반려에 대한 내용이 메르타 가문과 연관이 있나 보군요."

조심스러운 샤렌의 추측.

막수스는 곧바로 샤렌의 말을 받았다.

"그렇습니다. 예언에 따르면 메르타 가의 후손 중에서 아젠투어의 반려가 탄생하게 됩니다."

"설마……?"

샤렌이 눈을 크게 뜨자 막수스는 무겁게 고개를 끄덕였다.

"짐작하신 대로 예언에 나타난 특징을 브리올렛에게서 찾을 수가 있었습니다. 우리 가문 최초로 잉크라를 익히지 못하는 후손이 나왔으니까요."

"아!"

"여기에서 다시 이야기의 처음으로 돌아가야 할 것 같습니다."

이번에는 샤렌이 고개를 끄덕였다.

그리고 신중한 태도를 보였다. 애초 막수스가 이렇게 긴 이야기를 꺼내 든 이유가 이제부터 시작되는 것이다.

"아젠투어를 부정하는 64명가의 신화 말살은 철저하기 짝이 없었지만 완벽할 수가 없었습니다. 신화의 후반부는 천여 년 전 이 땅을 지배했던 28개 가문 중 지금까진 이어진 12암가를 통해 전해져 내려왔으니까요. 명가의 힘을 뛰어넘는 암향사가라 할지라도 양지로 나오지 못하는 데는 이와 같은 이유가 있습니다. 저들이 이단으로 배척을 받는 한 64명가와 나란히 할 수는 없는 것이지요. 민심이란 무서울 수밖에 없으니까요."

샤렌의 미간이 찌푸려졌다. 막수스의 말이 틀려서가 아니었다. 납득이 안 가는 부분이 있었던 것이다.

"12암가에서 그토록 오랜 시간 동안 아젠투어의 환생을 기다려 왔다면 왜 브리올렛님에게 해를 가하려는 거죠?"

"천여 년 전에도 아젠투어의 반려에 대한 이야기는 극소수만이 알고 있었습니다. 오랜 세월이 흐른 지금에 있어서 메르타 가의 후손 중에서 아젠투어의 반려가 나온다는 것과 잉크라를 익힐 수 없는 체질의 아이가 아젠투어의 반려가 된다는 것에 대해 저들은 알지 못할 가능성이 큽니다. 우리 또한 저들이 아젠투어의 환생을 어떻게 확인하는지 모르니까요.”

“그렇다면 차라리 저들에게 브리올렛님에 관한 것을 알리는 것은 어떻습니까? 해치는 게 아니라 오히려 보호를 하기 위해 나서지는 않을까요?”

“그렇게 단순한 문제가 아닙니다. 신화에서 예언된 내용이 현실에서 이루어졌다 함은 곧 아젠투어의 환생을 뜻합니다. 어둠에 웅크리고 있던 저들이 일제히 움직이게 될 일이지요. 민심과 함께 말입니다.”

천여 년을 기다려 온 아젠투어가 환생했다면 당연히 그럴 것이다. 12암가가 일제히 나서 아젠투어를 중심으로 이 세상을 바꾸기 위해 전력을 기울일 게 분명했다.

그렇게 된다면 현재 남부 대륙을 지배하는 64명가는 엄청난 타격을 입을 터였다.

“지금 이 시점에서 12암가가 난세를 조장한다면 성전은 엔살룸만이 아닌 남부 대륙 전체를 두고 벌어지게 될 것입니다. 혼란에 빠진 남부혈맹의 상황을 북부 연합에서 내버려 둘 리가 없을 터. 곧바로 남침으로 이어질 테고, 결국 남부 대륙 전역이 피에 잠기게 된다는 뜻이지요.”

엔살룸 쟁탈이 아닌, 대대적인 남침으로 전쟁이 확대되면 그 피해란 예측하기 힘들 정도로 커진다. 한정된 장소에서 벌어지는 전사들 간의 싸움이 아니게 되기 때문이다. 헤아릴 수 없는 민간인들이 전쟁의 화마에 목숨을 잃게 될 것이다.

"어차피 성전은 12암가에게 있어서 호기가 아닙니까? 주도권을 획득할 기회가 될 수도 있을 텐데요."

샤렌이 대화의 내용을 잘 이해하긴 했지만, 정치적인 식견이 뛰어나다고 볼 수는 없었다.

더구나 남부 대륙의 정세에 대해서는 무지하다고 해도 과언이 아닐 정도.

제대로 된 판단을 내리기에는 턱없이 부족한 바가 있었다.

"12암가에게 있어서도 엔살룸은 성지입니다. 저들 역시 성지를 수호해야 할 의무를 갖고 있지요. 성전이 벌어지면 12암가 역시도 저희와 함께합니다. 저들의 신앙심은 오히려 저희 명가 이상입니다. 성지수호에 전력을 다할 테니 성전의 혼란을 틈타 남부 대륙을 도모할 일은 없는 것이지요."

짧게 시간을 두었다가 막수스가 말을 이었다.

"또한 64명가가 진정으로 염려하는 것은 민심! 대중들에게까지 이르는 신화의 파급입니다. 12암가의 힘이 아무리 강성하다고 해도 단지 64명가에서는 그들만을 두려워하지는 않습니다. 저희가 염려하는 것은 역시 민심입니다."

"저들에게 예언의 실증이 주어진다면, 대중을 향해 명분을 세울 근거가 되겠군요."

샤렌은 그제야 조금은 이해가 간다는 표정을 지었다.

하지만 이해는 상황에 대한 것일 뿐.

　　대의명분만을 위해 딸의 위험을 방치하는 막수스에 대해 공감할 수는 없었다.

　　그런 샤렌의 내심을 훤히 본 것처럼 막수스가 말했다.

　　"무엇보다 저는 브리올렛이 정치적 도구로 사용되는 것을 원치 않습니다. 사실 잉크라를 사용할 수 없는 체질이라고 해서 반드시 그 아이가 예언 속의 반려라고 볼 수도 없는 일이고 말이죠. 지난 수천여 년간 신화는 신화로 끝이 났으니까요."

　　"아!"

　　샤렌은 그제야 막수스의 내심을 이해했고, 동의할 수 있었다.

　　막수스가 백성들을 사랑하기에.

　　명가들의 기득권을 지키기 위해.

　　브리올렛을 희생시킬 각오를 하겠다는 게 아니었다.

　　그는 진정으로 자신의 딸을 지키고자 하는 아버지의 마음을 가지고 있었다. 그렇기에 아젠투어의 반려에 대해 감추려는 것이다.

　　무엇보다 황제의 명을 좇아 자신과 어머니를 포기했던 부친의 냉철함과 비교되어 샤렌은 더욱 공감할 수 있었다. 샤렌이 어린 시절부터 막연히 그려온 부친의 상에 부합했던 것이다.

　　"브리올렛님에겐 정말 좋은 아버지가 계시군요."

샤렌의 칭찬에도 막수스는 별다른 겸양을 하지 않았다. 이전과는 다른 모습이었다.

이에 샤렌은 막수스가 자신의 어린 시절에 대해서도 보고를 받았다고 짐작했다. 지금의 상황에서 겸양을 하게 되면 자신의 부친을 폄하하는 셈이 되기 때문이었다.

"그럼 이제 절대적으로 엄수되어야 할 이 비밀을 제게 말씀해 주신 이유를 듣고 싶습니다."

샤렌의 한마디에 막수스는 입꼬리를 당겨 만족스러운 미소를 지었다.

조사된 바에 의하면 크라슈 가의 차남은 여자만 밝히는 망나니에 불과했다.

하지만 자신의 눈으로 파악한 이 청년은 달랐다. 막수스는 그렇게 결론을 내린 자신의 안목을 믿었다. 해서 지금의 이야기를 꺼냈던 것이다.

결과적으로 케신 철강의 샤를로엔 크라슈는 자신의 기대 이상을 충족시키고 있었다. 특히 대화의 상대로서는 부족함이 없었다.

'케신 철강의 장자에 대한 소문이 그토록 무성한데, 이 젊은이는 형에 비해 상대적으로 부족해 보였던 걸까? 그렇다면 이 청년의 형은 대체 얼마나 대단한 인재란 말인가?

짧은 기간 동안 샤렌이 얼마나 달라졌는지 모를 수밖에 없는 막수스는 샤렌의 형인 케이온이라는 자에 대한 궁금증까지 일었다.

하지만 이야기의 흐름을 끊을 수는 없는 터.

막수스는 긴 이야기를 정리하고자 했다.

"혼천암향의 가주 하칸투랑은 대단한 인물입니다. 여느 명가의 수장이라 해도 그를 함부로 할 수 없을 정도지요. 그런 하칸투랑이 여태껏 베일에 싸여 있던 자신의 아들을 직접 보내 샤렌님과 대화를 청했다는 것은 결코 경시할 수 없는 일입니다."

"브리올렛님과 연관이 있다고 보십니까?"

"저로서는 그것을 반드시 확인할 필요가 있습니다. 저들이 아젠투어의 반려에 대해 얼마나 알고 있는지, 그들이 알고 있는 것과 저희 메르타 가와 연관이 있는지… 브리올렛을 위해 확실히 파악해 둬야 합니다."

막수스는 정광이 가득한 두 눈으로 샤렌을 직시하며 말했다.

그 시선이 의미하는 바가 무엇인지 샤렌은 알 수 있었다.

"가주께서는 제가 그들을 만나보길 원하시는군요."

막수스는 고개를 끄덕였다.

"샤를로엔님은 본가의 은인! 어떠한 상황 속에서도 최대한 안전을 보장하겠습니다."

"저들이 저를 해하려는 마음이 있었다면 아마도 다른 방법을 썼을 것입니다."

큰 걱정이 없다는 식인 샤렌의 말에 막수스는 고개를 끄덕였다.

하지만 이전처럼 부드러운 미소를 짓지 않았다. 사안의 중대성 때문이었다.

"샤를로엔님 정도라면 하칸투랑과의 대화를 통해 저들의 저의가 무엇인지 파악이 가능하실 겁니다."

"제게 그럴 만한 능력이 있는지는 모르겠습니다만, 말씀하신 대로 저는 브리올렛님의 미소를 계속해 보고 싶습니다."

잠시의 고려도 없이 나온 즉각적인 대답.

그제야 막수스는 굳은 얼굴을 풀었다. 기대했던 이상으로 샤렌은 자신의 딸을 크게 아껴주고 있는 것이다.

사실 샤렌에게 가문의 비밀을 전하고 이와 같은 일을 부탁하는 것은 막수스에게 있어 커다란 모험이 아닐 수 없었다.

그것은 샤렌의 신분을 알아냈다고 해도 마찬가지였다. 제아무리 북부 재력가의 후손이라 할지라도 그것만을 믿고 딸의 운명을 내맡기기란 쉽지 않은 일이었다.

하지만 브리올렛의 안전이 혼천암향의 하칸투랑과 관계되었다면 무리를 할 당위성이 성립된다.

지금에 있어서 샤렌은 하칸투랑과의 연결 고리.

그만이 혼천암향의 의중을 파악할 계기가 되어줄 수 있었다.

게다가 어차피 이 청년이 아니었다면 이미 브리올렛은 죽었을 목숨.

그것은 막수스가 도박에 가까운 시도를 할 또 하나의 근거
였다.

Chapter 6

Rhapsody Of Cardinal

1

샤렌의 붉은 눈이 내려다보는 것은 둘둘 말린 양피지였다.

그것은 본의 아닌 거래의 대가였다.

앞으로 10년!

이 기간 동안 샤렌은 능력이 닿는 한 최선을 다해 브리올렛을 보호해 달라는 막수스의 요청을 받았다.

그에 대한 수락의 대가가 바로 이 양피지였다.

한사코 거부하는 샤렌의 손에 이 물건이 억지로 쥐어진 이유가 있었고, 샤렌은 그 이유에 대해 잘 알고 있었다.

스스로 인정하든 그렇지 않든, 자신은 상인의 피를 이어받았다.

따라서 계약을 통한 거래에 대해 누구보다 잘 알고 있다.

막수스가 건넨 이 양피지는 계약과 실행을 위한 대가.

달리 말하자면 강력한 구속이기도 했다.

막수스는 완벽한 거래를 통해 자신이 스스로 말한 바를 철저하게 이행하도록 하려는 것이었다.

거래의 대가가 크면 클수록 구속력이 강해지는 법.

막수스가 딸을 얼마나 아끼는지 엿볼 수 있는 단면이었다.

이와 같은 샤렌의 생각은 정확히 막수스의 그것과 일치했다.

하지만 그게 전부는 아니었다. 막수스는 보다 넓은 범주를 염두에 두고 행여 있을지 모를 위협에서 딸을 보호하고자 했던 것이다.

양피지에 적힌 내용은 직계에게만 전해지는 비전을 제외한 메르타 가문의 무투술이었다.

막수스는 샤렌이 특별한 능력과 사뭇 대단한 무력을 가졌다는 이야기를 들었다.

하지만 그것이 무투에 기인한 것이 아님을 쉽게 파악했다. 평소 빈틈투성이인 샤렌의 자세만으로도 막수스는 샤렌이 무투에 무지하다는 것을 알 수 있었던 것이다.

그것이 바로 막수스가 샤렌이 생각한 범주 밖에서 무투술을 전한 이유 중 하나였다. 막수스는 샤렌에게 브리올렛에 대한 심적 부담을 주는 동시에 그가 좀 더 강해지길 원했다. 그가 강해지면 강해질수록 브리올렛을 보다 안전하게 보호할 수 있기 때문이었다.

막수스가 의도한 바는 그뿐이 아니었다.

'황금이면 신의 은총도 살 수 있다' 라는 속담이 남부 대륙에서는 전해져 내려온다.

샤렌은 케신 철강을 소유한 크라슈 가의 차남이었다. 케신 철강의 금력(金力)은 국가는 물론 대륙의 남, 북부를 초월한다.

자고로 권력과 금력은 떼려야 뗄 수 없는 관계.

권력 유지란 막대한 비용을 필수로 요하기 마련이다.

대륙의 어느 곳에서든 누군가의 위에서 군림하려는 자가 있다면 반드시 황금을 필요로 하며, 케신 철강은 그와 같은 자에게 지원을 아끼지 않아왔다.

남부 대륙을 지배하는 64명가도 예외는 아니었다. 케신 철강이 뿌려대는 달콤한 황금의 맛을 보지 않은 곳이 없는 것이다.

거꾸로 말하자면 대륙의 그 어느 곳도 케신 철강의 금력에서 자유로울 수는 없다는 뜻.

경우에 따라서는 그 어떤 권력자보다 막강한 영향력을 발휘할 수 있는 케신 철강이기도 했다.

결국 막수스가 의도하는 완벽한 거래란 브리올렛을 샤렌

뿐만이 아닌 케신 철강의 비호하에 두려는 것이었다. 가문의 밑천이랄 수 있는 무투술을 샤렌에게 전한 데는 이와 같은 계산이 깔려 있었던 것이다.

이러한 치밀한 계산까지는 염두에 두지 않았으나 어차피 브리올렛을 지키고자 하는 마음이 강한 샤렌이었다. 파티장에서 그녀가 지었던 미소에 스스로도 크게 만족했던 것이다. 유혹의 대상에게 기술적으로 미소를 짓게 하는 게 아니라, 누군가에게 도움을 주어 얻은 미소의 가치는 샤렌의 마음에 새로운 바람을 일으켰다. 딱히 의식해 규정을 짓지 않았으나 샤렌의 정신세계에 보람이라는 가치가 새롭게 싹튼 것이다.

이에 샤렌은 브리올렛을 지키고자 했고, 양피지를 살피는 데 여념이 없었다.

만약 예전의 샤렌이라면 몸을 놀리는 방법 따위에 관심을 가질 샤렌이 아니었다.

하지만 스스로 강해져야 할 필요성을 절감한 지금은 달랐다.

그것이 샤렌이 야심한 지금, 기름등에 의지해 양피지의 내용을 살피는 이유였다.

"흠……."

양피지를 내려다보는 샤렌은 나직한 신음을 흘렸다. 무투란 폭력으로 타인을 억압할 뿐이라 여겨온 그다. 아카데미에서 땀 흘려 검술을 익히지 않은 이유도 거기에 있었다.

폭력만을 믿고 거들먹거리는 기사 따위에는 관심이 없었던 것이다.

하지만 막수스가 전해준 양피지의 내용은 그와 같은 샤렌의 생각이 편견에 불과하다는 것을 느끼게 해주었다. 양피지의 내용은 무투술이 그저 보다 강력한 폭력 행사의 방법일 뿐이 아니라, 스스로를 갈고닦아 인간으로서의 성숙을 도모하는 하나의 방편일 수도 있겠다는 생각이 들게 했다. 신체적 단련만을 강조했던 북부의 검술과는 사뭇 다른 내용들이 적혀 있었던 것이다.

뿐만 아니었다. 메르타 가문의 무투술이 추구하는 경지들은 샤렌의 흥미를 크게 자극했다. 여러 이론이 샤렌이 여자들을 유혹하는 방법과 유사했기 때문이다.

때로는 입에서 절로 감탄사가 터져 나올 만큼 흡사한 내용들이 적혀 있기도 했다.

"때로는 가장 강해 보이는 곳이 가장 약한 곳이다……라……. 흠, 처음 메르타 가문의 무투술을 정립한 사람은 연애에 있어서도 절대의 강자였던 걸까?"

양쪽으로 말려 있는 양피지를 풀고 감아가는 샤렌이 문득 떠올린 생각이었다. 정말이지, 하나부터 열까지 여자를 유혹하는 방법과 일치하는 바가 많은 내용이었던 것이다. 마치 잘 정리된 연애 이론서처럼 샤렌이 지금껏 생각해 온 유혹의 기술과 일맥상통하는 바가 많았다.

세상의 모든 이치가 하나로 합쳐진다는 것을 알지 못하는 샤렌에게 있어서는 그저 신기하기만 한 우연의 일치였다.

하지만 그 덕분에 샤렌은 빠르게 메르타 가문 무투술의 이론적 기초를 습득해 가고 있었다.

본인도 의식하지 못한 채…….

2

"아니죠!"

브리올렛은 곱디고운 미간에 주름을 잡았다.

그녀는 성큼성큼 걸음을 옮겨 샤렌에게 다가왔다.

"그렇게 대충 모양만 갖추면 안 돼요. 각도를 신경 쓰며 자세를 잡아야죠."

브리올렛은 샤렌의 팔꿈치 아래쪽의 각도를 고쳐 주며 말했다.

샤렌은 지금 양피지에 적혀 있는 무투술을 수련하는 중이었고, 브리올렛은 그런 샤렌을 돕고 있었다.

비록 잉크라를 익히지 못하는 브리올렛이었으나, 그녀는 무가의 후예.

지난번 무구를 가늠할 때도 그랬듯, 이론에 있어서만큼은 그 어떤 무투가에 못지않은 면모를 가지고 있었던 것이다.

"각도가 그렇게 중요한가요?"

샤렌이 고개를 갸웃거렸다.

"당연하죠!"

브리올렛은 당연하다는 듯 말했다.

"이 상태에서 팔에 힘을 빼봐요. 보통 사람 정도의 힘으로요."

브리올렛은 샤렌의 팔이 그려낸 각도를 원래대로 되돌렸다.

샤렌은 자세를 잡은 그대로 브리올렛의 말을 따랐다.

브리올렛은 자신의 팔을 들어 휘둘렀다. 샤렌의 팔을 향해서였다.

턱.

당연하게도 샤렌의 팔에 부딪친 브리올렛의 팔.

동시에 샤렌은 고개를 옆으로 돌려야만 했다. 브리올렛의 팔과 부딪친 자신의 팔이 밀려와 얼굴로 향했기 때문이다.

"팔의 각도가 좁으면 작은 충격에도 밀리게 되어 있죠? 그리고 공격에 실린 힘의 상당 부분이 자신에게 전해지고요."

브리올렛이 거 보라는 듯 말했다.

"그럼 각도를 넓히면 넓힐수록 좋은 건가요?"

샤렌의 질문에 브리올렛은 고개를 가로저었다.

"지나치게 벌어지면 힘의 유실이 커져요. 강한 충격을 받으면 축이 되는 상완이 흔들리기 때문에 다음 동작을 취하기도 어려워지고요."

말을 마친 브리올렛은 샤렌이 팔을 벌린 다음 살짝 힘을 주어 위아래로 흔들었다.

조금 전에 비해 훨씬 쉽게 흔들리는 샤렌의 팔이었다.

"그렇군요"

"형(形)이란 수십만 번의 시행착오 끝에 내려진 결론이에요. 최소의 힘으로 최대의 효과를 낼 수 있는 최적의 방법인 거죠. 이는 잉크라를 운용한다 해도 변치 않는 이치예요. 같은 양과 같은 운용법으로 잉크라를 운용했을 때는 보다 완벽한 형을 갖춘 사람이 유리하죠. 그래서 형을 무시하고서는 경지에 오를 수 없다고 말하는 거고요."

"하지만 매번 싸움이 벌어질 때마다 이런 자세를 취할 수는 없잖아요. 상대가 꼭 내가 취하는 자세에 맞춰 움직이는 것도 아니고 말이에요."

샤렌이 의문을 드러내자 브리올렛이 미소를 지었다.

"벌써 그런 질문을 하다니 샤렌님은 제법 소질이 있네요."

브리올렛은 마치 수많은 제자를 가르쳐 온 명사라도 되는 양 말했다.

"남부 대륙의 무투술에서 형을 중시하는 것은 그 자세를 고집하려는 게 아니에요. 언제 어느 때든 자신의 몸이 최대의 효율을 발휘할 수 있도록 준비된 자세를 갖추는 거죠."

짧게 설명을 마친 브리올렛이 한쪽 다리를 앞으로 내밀었다. 앞쪽 다리와 뒤쪽 다리가 살짝 굽혀진 채였다.

"보통 사람의 힘으로 제가 내민 다리를 공격해 보세요."

샤렌은 브리올렛이 시키는 대로 자신의 다리로 브리올렛의 다리를 툭 찼다. 큰 힘이 들어가지 않았음에도 브리올렛의 다리가 옆으로 밀렸다가 돌아왔다.

"봤어요?"

"흠… 다리는 흔들렸는데 브리올렛님은 별다른 타격을 받지 않아 보이네요."

"맞아요!"

브리올렛은 샤렌의 안목에 만조해하며 설명을 이어갔다.

"내민 다리에는 3, 뒤쪽 다리에는 7 정도의 무게로 체중을 배분해 선 거예요. 다리에 실린 무게가 적으니 공격당했음에도 저항이 없어 타격은 덜 받죠. 거기에 더해 체중은 뒤쪽에 실려 있었으니 몸의 중심도 흔들리지 않고요."

샤렌은 충분히 이해한다는 듯 고개를 끄덕였다.

"싸울 때 이 자세를 매번 유지할 수는 없어요. 하지만 체중의 분배와 적의 공격에 실린 힘을 어떻게 분산시키는지에 대한 기준을 확고히 몸에 새겨둘 수는 있죠."

"몸에 새겨둔다… 라……."

제천의 후예인 자비에는 크레논을 운용할 때 길을 닦는다는 표현을 썼다. 의식하지 않아도 본연의 힘을 발휘하기 위해서는 그와 같은 과정이 필요했던 것이다.

　무투술 역시 마찬가지인 모양이었다. 하온이 제 길을 찾아가듯, 몸이 익혀둔 형을 좇다 보면 최선의 결과에 근접해 가는 방식일 것이다.

　"진짜 싸움이 벌어지면 머릿속으로 뭔가를 생각하고 고려할 시간은 거의 주어지지 않아요. 최선이든 최적이든 떠올릴 틈이 없다는 거죠. 그래서 평소에 정확한 형을 익혀두는 게 중요해요. 판단 이전에 몸이 알아서 극대의 효과를 창출해 낼 수 있도록 말이죠."

　"익히고 취해야 할 자세들이 저토록 많은 건 그 때문이군요?"

　"맞아요. 무투의 형은 격전 중에 취해질 수 있는 상당수의 경우를 담고 있어요. 약간의 응용만 더해진다면 모든 경우를 내포하고 있다고 해도 과언이 아니죠."

　"투로(套路)가 정해진 것도 그 때문인가 보군요."

　투로란 형과 형을 이어 몸이 움직이는 일정한 방식을 말했다. 양피지에는 수많은 투로가 적혀 있었다.

　브리올렛은 손뼉을 마주치며 웃었다.

　"맞아요. 실제로 투로를 그대로 좇아 싸우는 경우는 거의 없죠. 하지만 가장 효율적인 방법을 몸에 익혀두어 연속되는 공격과 방어가 가능하도록 하는 거예요. 형과 마찬가지로 투로 역시 수많은 검증과 변화의 과정을 거쳤거든요. 이런 공격을 할 때는 적이 이렇게 방어하는 경우가 많다, 고로 다음 공격을 이런 식이 제일 좋다, 이렇게 만들어져 가는 거죠."

"상대가 달리 나오면 몸에 익혀둔 방법으로 그에 맞는 대응을 하면 되고요?"

"네! 그래서 제대로 형과 투로를 익혀야 오히려 형과 투로에서 벗어나 자유롭게 싸울 수도 있는 거예요."

브리올렛의 설명은 이번에도 하온의 운용과 일치했다. 한번 길을 닦아두면 알아서 제 길을 찾아가는 하온이었기에 굳이 의식적으로 이끌지 않아도 되듯, 형과 투로를 제대로 익혀두면 상황에 따라 자유자재로 사용할 수 있게 된다는 말이었다.

"무투술을 배우는 사람에게 있어서 메르타 가문의 형과 투로를 배울 수 있다는 것은 커다란 행운이에요. 과장이 아니라 형과 투로의 완성도만큼은 저희 메르타 가문이 대륙 전체를 통틀어 최고거든요."

사람은 자연 자신이 속한 곳에 대한 자부심이 넘칠 수밖에 없다. 샤렌은 아직은 어린 브리올렛이기에 자신의 가문에 대해 과대평가를 할 수밖에 없다고 여겼다.

하지만 이어진 브리올렛의 설명을 듣자니 꼭 그런 것만도 아닌 듯싶었다.

"메르타 가문의 무투술이 대륙 전체는커녕 남부에서조차 최고를 자부할 수 없는 이유는 단지 운용 가능한 잉크라의 한계 때문이에요. 비전의 상당한 유실이 있었거든요. 메르타 가

문의 후손들이 젊었을 때만 두각을 드러내다 타 가문의 후손
들에게 밀린다는 소문이 도는 이유도 거기에 있죠."

비전의 유실을 말할 때, 브리올렛의 미간에 잠시 그림자가
드리워졌다.

"잉크라를 사용하지 않는 비무에 있어서는 그 누구도 메르
타 가문의 후손을 이길 수 없어요. 네이탄 오라버니가 이를
입증했죠."

다시금 자부심 넘치는 표정으로 돌아온 브리올렛이었다.
오빠에 대해 자랑스러워하고 있음을 여실히 느낄 수 있었다.

"비전의 유실로 인해 잉크라의 운용에 한계가 생긴 건가
요?"

"정확히 말하자면 운용보다는 축적 쪽에 한계가 생겼어요.
잉크라의 축적은 가속이 붙기 마련인데, 특정한 경지 이상을
넘어서는 방법이 유실된 거죠. 게다가 무투술의 구성 중 절반
에 해당하는 부분도 사라졌고요. 하지만……."

브리올렛이 커다란 눈을 반짝였다.

"네이탄 오라버니라면 그 한계를 넘어설 거예요. 이번 폐
관 수련이 끝나면 꼭 한계를 넘어서겠다고 저하고 약속을 했
거든요."

"폐관 수련?"

샤렌이 알지 못하는 용어였다.

"아! 저희 남부 대륙의 전사들은 특정 장소에서 두문불출

하고 수련을 하곤 해요. 자신의 모든 것을 다 바쳐 오직 강해지는 것에만 집중하는 거죠. 이를 폐관 수련이라고 해요."

"그렇군요. 좋은 결과가 있었으면 좋겠네요."

"오라버니는 저와의 약속을 깬 적이 없어요."

브리올렛은 일말의 의심도 없이 말했다. 네이탄이 반드시 한계를 극복하리라 확고히 믿고 있는 것이다.

"자, 자! 이야기는 이제 그만하고 어서 다시 시작해요."

브리올렛의 재촉은 기본적으로 자신을 위함이다. 샤렌은 그 마음을 알기에 다시 자세를 취했다.

3

"흠! 절도있는 동작은 아니지만 기본적인 형을 배우는 건 정말 빠르네요. 정말로 무투술을 배운 적이 없어요?"

브리올렛이 믿기 힘들다는 표정을 지었다. 몸을 제대로 움직여 본 적이 없는 사람은 옆에서 세세히 지적해 주지 않는 한 자기도 모르게 어정쩡한 자세를 취하기 마련이다. 신체의 제어력이 떨어지는 것은 물론, 정확한 자세를 한눈에 담아 기억하기도 힘들기 때문이다.

다시 말해 자신의 신체를 정확히 제어해 본 경험이 있는 사람이라면 형을 배우는 데 있어 진도가 빠르다.

하지만 그와 같은 경험이 전무하다는 샤렌이 메르타 가문의 형을 좇는 속도가 지나칠 정도로 빨랐다. 처음 몇 번의 지적 이후에는 별다른 잔소리를 할 필요가 없을 정도였다. 브리올렛이 놀라는 데는 그와 같은 이유가 있었다.

사실 샤렌이 무투술의 형을 쉽고 빠르게 배워가는 이유는 간단했다. 파티장에서 활약하기 위해서 필수로 갖춰야 할 기본 소양은 화술뿐이 아니었다.

리듬을 타고 정확한 동작으로 품격있게 춤을 추는 것은 파티장에서 돋보이기 위한 훌륭한 도구였다.

거기에 더 나아가 여성을 편안하고 즐거운 분위기 속에서 춤을 추게 하기 위해서는 남자 쪽에서 압도적인 댄스 실력으로 리드해 주는 게 좋다.

이를 잘 아는 샤렌이 댄스 실력을 갈고닦은 것은 당연한 일.

발군의 댄스 실력을 갖춘 샤렌에게 있어서 정확한 자세를 취하는 건 그다지 어려운 일이 아니었던 것이다. 댄스 역시 신체를 제어하는 데 있어서 무투술에 못지않은 정교함을 필요로 했기 때문이다.

게다가 샤렌은 탁월한 눈썰미를 가지고 있다. 양피지 두루마리에 그려진 자세를 한눈에 파악하는 데도 유리했으니, 브리올렛이 보기에는 신기할 정도로 빠르게 무투술의 형을 습득해 가는 샤렌이었던 것이다.

브리올렛이 커다란 눈으로 신기한 듯 자신을 바라보자 샤렌은 고개를 가로저었다.

"정말로 없어요."

"어쩌면 샤를로엔님에게 천부적인 무재(武才)가 있을지도 모르겠군요."

브리올렛의 호기심 어린 시선은 감탄으로 바뀌었다.

"무슨 과찬의 말씀을! 그저 흉내만 내고 있을 뿐인데요."

운동신경이 둔한 편은 아니지만, 그렇다고 천재라기에는 한참이나 거리가 있는 자신이었다.

특히 샤렌은 진짜 천재적인 재능을 가진 사람을 어릴 때부터 보아왔다. 형인 케이온이야말로 검술의 천재라고밖에는 표현할 수 없는 재능을 가지고 있었던 것이다.

"일단은 시작하는 자세와 마지막 자세는 거의 완벽하게 만들었으니 실제로 펼치는 과정을 다듬어보도록 하죠."

브리올렛의 말에 샤렌은 고개를 끄덕였다.

"직탄격(直彈擊)을 펼쳐 보세요. 제가 볼 수 있을 정도의 속도로요."

하온을 운용하는 샤렌의 동작은 엄청나게 빨랐다. 그가 전력을 다하면 브리올렛의 안력을 벗어나게 된다.

이를 우려해 브리올렛은 샤렌에게 적당한 속도로 형을 펼치라고 했다. 그래야 잘못된 부분을 바로잡을 수 있는 것이다.

샤렌은 허리를 낮추고 몸의 중심을 뒤쪽으로 했다. 양손은 말아 쥐고 옆구리에 가져다 댔다.

체중의 배분과 안정된 자세가 마음에 든다는 듯 브리올렛이 고개를 끄덕였다.

순간 샤렌의 중심축이 앞으로 이동하며 우측 주먹이 앞쪽으로 향했다.

슈웃.

내지른 주먹이 허공을 갈랐고, 앞다리에 체중을 실은 샤렌의 주먹이 멈춰 섰다. 그 모양이 양피지 두루마리에 그려진 그림과 정확히 일치했다.

"그게 아니에요."

브리올렌이 샤렌의 옆으로 다가섰다.

그리고는 앞서의 샤렌과 똑같은 준비 자세를 취했다.

"여기서 주먹을 내지를 때는요……."

브리올렛이 중심을 앞쪽으로 이동시키며 강하게 주먹을 내질렀다.

퍽!

허공에 주먹이 멈추는데 둔탁한 음향이 울려 퍼졌다. 브리올렛의 옷자락에서 이는 소리였다.

"…앞으로 내민 발의 앞꿈치가 송곳이라 생각하고 강하게 땅을 후벼 파듯 돌리는 거예요. 이게 일회(一廻)! 동시에 허리 또한 팽이처럼 강하게 돌아 회전을 더하죠. 이게 이회(二廻)! 마지막으로 옆구리의 주먹이 앞으로 뻗어지며 손등과 손바닥의 위치가 바뀌는 게 삼회(三廻)예요. 이 세 가지 회전이 합쳐져 극한의 위력을 내는 게 바로 삼합회(三合廻)죠. 메르타 가문이 자랑하는 직탄격은 삼합회가 있기에 가능한 거예요."

"아! 그렇군요."

샤렌은 다시 한 번 준비 자세를 취했다가 발, 허리, 주먹의 회전에 신경 쓰며 주먹을 내뻗어봤다.

휘리릭!

옷소매가 바람에 휘날리며 소리를 냈다. 이전에 비해 한결 위맹한 직탄격으로 변한 것을 샤렌 자신이 느낄 정도였다.

하지만 브리올렛은 고개를 좌우로 저었다. 못마땅하다는 표정이다.

"동작이 너무 경직되어 있어요."

짧게 결론을 내린 브리올렛이 설명을 시작했다.

"처음부터 잔뜩 힘을 준 상태에서 주먹을 뻗으면 타격이 아닌, 그저 강하게 미는 것에 불과해요. 그래서는 직탄격 본연의 위력을 낼 수 없죠."

"힘을 주지 말고 주먹을 뻗으라고요?"

"네. 회전과 회전이 중첩되는 것에만 신경 쓰면서 최대한 힘을 뺐다가 주먹이 멈춰 서는 순간 온 힘을 집중하는 거예요. 근육의 이완에서 수축이 최단의 시간에 이뤄질 때 강한 파괴력이 나오는 거죠."

샤렌은 고개를 갸웃거렸다. 따로 무투술을 익힌 적은 없지만 지금껏 싸움을 전혀 안 해본 것은 아니다.

하지만 주먹을 휘두를 때 힘을 빼라는 소리는 금시초문이었던 것이다.

샤렌의 표정을 확인한 브리올렛은 설명 대신 걸음을 옮겼다.

그리고는 벽에 걸린 수건 하나를 들고 왔다. 수련 중 흘리는 땀을 닦는 수건이었다.

"손바닥을 내밀어보세요."

샤렌은 군말없이 그녀가 시키는 대로 했다. 적어도 무투술을 수련하는 동안은 브리올렛이 스승에 다름이 없었던 것이다.

샤렌이 손을 내밀자 브리올렛이 팔을 휘둘렀다. 그녀의 손에 잡힌 수건 역시 브리올렛의 팔이 휘둘리는 궤적을 쫓아 '휘익' 하는 소리를 내며 허공을 갈랐다.

툭.

수건은 순식간에 샤렌의 손에 닿았다. 휘두른 기세를 제법 맹렬했지만 수건 자체가 부드럽기 때문에 별다른 충격은 전해지지 않았다.

"……?"

샤렌은 수건으로 자신을 때린 브리올렛의 행동을 이해하지 못하는 표정을 지었다.

"지금의 느낌을 기억하세요."

브리올렛은 수건을 회수한 다음 샤렌의 손바닥을 응시했다.

이어 그녀는 팔꿈치를 접은 채 들어 올리며 수건의 한쪽 끝을 잡았다.

호흡을 잠시 고르는가 싶더니 접었던 팔꿈치를 강하게 폈다.

빠르게 수건이 샤렌의 손바닥을 향하는가 싶더니, 수건의 끝과 샤렌의 손바닥이 맞닿는 순간.

브리올렛은 손목을 안쪽으로 꺾으며 내뻗을 때보다 빠르게 팔을 잡아당겼다.

퍼억.

이전과는 확연히 구분되는 소리가 울려 퍼졌고, 샤렌은 손바닥에서 얼얼한 통증을 느꼈다.

"이젠 알겠죠, 왜 타격 순간에 힘을 집중해야 하는지?"

브리올렛의 말에 샤렌은 느끼는 바가 많았다. 양피지 두루마리에 적힌 무투술의 이론을 읽어갈 때, 유혹의 기술과 상당 부분 유사하다는 것을 깨달았다.

하지만 동작 하나하나를 펼칠 때도 그 이론이 바탕이 되어야 함을 체감하지 못한 그였다. 다시 말해, 이론의 상당 부분이 이해가 되었음에도 몸을 움직여 펼칠 때는 크게 의식하지 못하고 넘어갔던 것이다.

지금 이 동작에서 보이는 이완과 집중의 연결 역시 그랬다. 양피지에 적힌 이론을 읽어갈 때는 유혹의 기술과 비교해 가며 상당한 흥미를 느꼈었다. 여자에게 접근할 때, 지나칠 정도로 애정을 표현하면 여자 쪽에서 부담을 느끼기 마련이다. 편안한 분위기를 조성하다가 임펙트있는 감동 하나를 던지는 게 훨씬 효과적인 경우가 많다. 그렇게 유혹의 기술과 비교해 가며 무투술의 이론을 이해했다고 생각했건만, 막상 몸으로 동작을 실행하면서는 그 동작 중에 이론을 담아내지 못했던 것이다.

"이 하나의 동작에도 이렇게나 많은 것을 염두에 둬야 하다니, 무투술이란 정말 오묘하네요."

"그럼요. 특히 이 직탄격은 우리 메르타 가 무투술의 정수(精髓)랄 수 있어요. 이 하나의 동작에 메르타 가 무투술의 모든 게 담겨 있다고들 하죠. 나머지 형들이 이 직탄격을 기준으로 파생되었으니까요. 메르타 가문의 무투술은 방어조차 공격이라는 말이 나오는 것도 그 때문이에요."

방어의 순간조차 이완에서 집중으로 타격을 만든다면 확실히 공격하는 쪽에서도 데미지를 입을 듯싶었다.

"만일련(萬日練) 직탄격이라는 말이 그래서 쓰여 있었군요."

샤렌은 양피지의 앞쪽에 쓰여 있는 내용을 기억해 냈다.

"맞아요. 메르타 가문의 무투술을 엿보려면 이 직탄격을 최소한 만 일 동안 수련해야 한다는 거죠. 하지만……."

브리올렛은 잠시 말끝을 흐렸다.

“사실 지난 수백여 년간 실제로 직탄격을 만 일 동안 수련한 사람은 없었어요.”

“왜죠?”

“원래 저희 가문의 무투술은 검술보다 박투(搏鬪) 위주의 체술이 훨씬 강세였대요. 한데 저희 가문의 무투술 중 잃어버린 절반이란 게 바로 체술에 관한 것들이에요. 결국 그나마라도 상승의 무리가 남아 있는 검술에 매진할 수밖에 없었던 거죠.”

“아! 그렇군요.”

“메르타 가문의 체술은 강하고 파괴적인 위력이 대륙제일이었대요. 그 위력을 낼 수 있는 비전을 잃은 탓에 검술은 부드러움과 변화를 강조하는 쪽으로 치우쳤죠. 부족한 잉크라의 양을 다른 방법으로 메우기 위한 시도가 계속된 거에요.”

브리올렛의 얼굴에 스쳐 지나가는 아쉬움이 역력했다. 만약 가문의 비전이 유실되지 않았다면 메르타 가문의 위상이 지금과 사뭇 달랐으리라 생각하는 것이다.

“그렇다고는 해도 직탄격만큼은 제대로 익혀둬야 해요. 그래야 메르타 가문의 무투술이 가지는 본의를 알 수 있으니까요.”

샤렌은 브리올렛을 향해 고개를 한 번 끄덕여 보인 후 준비 자세를 취했다.

활시위처럼 당겨지는 주먹.

발끝의 회전이 허리의 회전으로 이어지고 어깨의 움직임을 쫓아 나아가는 팔에는 최대한 신경을 써서 힘을 뺐다.

팔꿈치가 완전히 펴지기 직전.

샤렌은 주먹 끝에 힘을 집중시키며 팔을 멈춰 세웠다.

파앙!

샤렌의 소매에서 요란한 소리가 울려 퍼졌다. 앞서 브리올렛이 주먹을 멈췄을 때보다 큰 소리였다. 앞서보다 딱히 힘을 더 준 것도 아닌데 소리만으로도 차이를 느낄 수 있었다.

"비록 삼합회와 집중에 신경을 쓴다 해도 직탄격의 기세를 잃어서는 안 돼요. 양피지의 내용을 기억하세요?"

브리올렛의 질문에 샤렌이 대답했다.

"내지른 주먹이 산을 무너뜨릴 듯이……."

"맞아요. 실제로 저희 선조들은 산을 무너뜨릴 기세를 담은 직탄격으로 수십 미터나 떨어진 곳의 나무를 분지르곤 했대요. 비전이 사라진 지금까지도 실전 박투에서는 무시무시한 위력을 발휘하는 직탄격이니 허투루 연습하면 안 돼요."

브리올렛의 지적을 들은 샤렌은 다시 마음가짐을 다잡았다. 실제로 다리와 허리, 주먹의 회전과 힘의 이완, 집중에 신경을 쓰느라 기세 같은 것에 신경을 쓸 여유가 없었던 것이다.

'산을 무너뜨릴 듯이라…….'

준비 자세에서 잠시 호흡을 고르는 샤렌.

그의 화안이 빛을 발하는가 싶더니 발꿈치 앞부분이 팽이처럼 회전을 시작했다.

거의 동시에 연속적으로 이어지는 회전에 회전, 그리고 또 회전.

뻗어진 주먹이 멈추는 순간,

콰앙!

임시 숙소에 마련된 임시 연무장 안이 폭음으로 뒤흔들리고 널찍한 공간 전체가 찬란한 금빛으로 가득 찼다. 샤렌의 주먹에서 강한 폭발이 일어난 것이다.

시야가 흐려질 정도의 금광이 걷혔을 때, 샤렌은 크게 놀란 표정을 지었다.

"브리올렛님!"

폭발의 여력을 이기지 못한 브리올렛이 뒤로 넘어져 있었던 것이다.

샤렌은 한달음에 브리올렛에게 달려가 그녀를 부축했다.

몸을 일으키는 브리올렛의 시선은 한 방향에 고정된 채 움직일 줄을 몰랐다.

"다친 데는 없어요?"

샤렌이 미간을 좁히며 물었다. 다행히 브리올렛은 머리카락이 조금 헝클어졌을 뿐 달리 외상이 보이지는 않았다. 그러나 걱정이 되지 않을 수 없었다.

“마, 말도 안 돼!”

브리올렛은 샤렌의 질문을 듣지 못한 사람처럼 여전히 시선을 한쪽에 고정시킨 채 중얼거렸다.

그제야 샤렌은 브리올렛의 시선을 좇았다. 대체 무엇 때문에 브리올렛이 이토록 넋이 나간 건지 확인하려는 것이다.

“에?”

브리올렛이 바라보는 방향은 샤렌이 주먹을 뻗었던 쪽이다. 왜인지 먼지가 일었다가 가라앉는 중이었다.

하지만 브리올렛의 넋 나간 표정은 먼지 때문이 아니었다. 그녀는 허물어지듯 구멍이 뻥하니 뚫린 벽면을 본 것이다.

샤렌도 그것을 봤다.

그리고 브리올렛처럼 놀라지 않을 수 없었다. 손에서 폭발이 이는 건 샤렌에게 낯선 현상이 아니었다. 기세에 신경을 쓰다 보니 브리올렛의 말을 잊고 저도 모르게 주먹 끝에 하온을 집중한 모양이었다. 하온이 자신의 의지를 좇아 반응하는 것도, 한곳에 하온이 집중되면 폭발이 일어난다는 것도 알고 있는 샤렌이었다.

하지만 달리 주먹에서 금빛 줄기를 뽑아내지도 않았는데 공간을 격해 벽면을 무너뜨린 것은 샤렌에게 있어서도 낯선 현상이었다.

“마법을 쓴 거예요?”

브리올렛이 정황을 추측해 물었다.

Rhapsody Of Cardinal

샤렌은 고개를 저었다.

"달리 마법을 사용하진 않았어요. 산을 무너뜨릴 정도의 기세를 담아야 한다는 말에 집중했더니 제 안의 힘이 저도 모르게 반응을 한 모양이에요."

"몸 안의 힘이 반응을 했을 뿐인데 저 정도라고요?"

브리올렛은 어이가 없다는 표정을 지었다. 막대한 양의 잉크라를 운용할 수 있는 부친조차 직탄격으로 이 정도까지는 아닐 터이다.

분명 벽면을 직접 가격한다면 저 정도의 위력을 발휘할 수는 있을 것이다.

하지만 샤렌은 허공을 격해 벽을 무너뜨렸다.

이는 메르타 가문에 회자되어 내려온 직탄격의 전설과 흡사하지 않은가?

이제 막 무투술을 배우기 시작해 간신히 형을 갖추기 시작한 샤렌이었다. 그가 어떻게 메르타 가문의 비전을 이어받았을 때나 가능한 직탄격 본연의 위력을 낼 수 있는지 브리올렛으로서는 도저히 이해할 수가 없었다.

하지만 언제까지 놀라고만 있을 수는 없었다.

브리올렛이 갈색 눈동자를 빛냈다.

"샤렌님 스스로도 모르게 체내의 힘, 그러니까 하온이 반응했을 뿐이라고 하셨죠?"

"네."

“나가요.”

“네?”

“샤렌님이 제대로 힘을 사용했을 때는 어떨지 보자고요.”

“그런데 왜 나가자고……?”

“저희 숙소를 다 무너뜨릴 일 있어요?”

브리올렛은 그렇게 말하고선 먼저 몸을 돌려 버렸다.

샤렌은 자신의 주먹을 한 번 힐끗 보고는 브리올렛의 뒤를 쫓았다.

Chapter 7

1

메르타 가문의 임시 숙소 뒤에 있는 야트막한 동
산.

브리올렛은 동산의 중턱까지 거침없이 올랐다. 따라나서
겠다는 호위를 물리친 기세 그대로 산 중턱에까지 이르렀다.
잉크라를 못 익힌다고는 해도 기초 체력 자체가 일반적인 여
염집 규수와는 차원이 다른 것이다.

"이쯤이면 되겠네요."

브리올렛은 주변을 휘휘 둘러봤다.

"저 바위 보이죠?"

브리올렛이 가리킨 건 사람의 키만 한 높이에 둘레는 장정

162
163

열을 세워둔 정도가 되는 바위였다.

"저 바위를 향해 아까처럼 직탄격을 전개해 보세요. 이번에는 전력을 다해서요."

말을 마친 브리올렛은 뒷걸음질을 쳤다. 폭발의 위력을 염두에 두고 거리를 벌리는 것이다.

샤렌은 고개를 끄덕였다. 스스로도 예기치 못했던 위력을 발휘한 직탄격이었다. 그 역시 자신의 능력에 대해 명확히 파악해 두고 싶었다.

샤렌은 본격적으로 하온을 운용하기 시작했다.

미간에 금광이 모이는가 싶더니 곧 선명하게 눈 모양을 그려냈다. 영시안이 생성된 것이다.

영시안에서 출발한 하온은 곧 타이루트를 그려내며 우측 팔로 흘러들어 갔다.

준비를 마친 샤렌이 삼합회를 염두에 두고 직탄격을 펼쳤다.

옆구리에 머물었던 주먹이 앞쪽을 향해 쭉 뻗어지는 순간, 빛살처럼 빠른 샤렌의 주먹이 벌써 타격점에 이르렀다.

콰아앙!

임시숙소 내의 연무장에서와는 비교할 수도 없는 폭음이 일대를 가득 울렸다.

폭음은 동산 아래의 임시 숙소에서도 충분히 들릴 정도.

브리올렛이 미리 말해두지 않았다면 숙소를 지키는 호위

들이 당장 몰려올 크기였다.

하지만 폭발의 여력으로 먼지만 흩날릴 뿐,

약 10여 미터 밖에 있는 바위는 미동조차 없었다.

"어라?"

샤렌은 고개를 갸웃거렸고 브리올렛은 미간을 찌푸렸다. 나무와 석회로 만들어진 숙소의 벽면과 천연의 바위는 강도에 있어서 차이가 크다.

하지만 바위에 미동조차 없다는 것은 이해할 수 없다. 허공을 뛰어넘었던 타격이 전해지지 않았다는 뜻이다.

샤렌의 표정을 보아 자신도 어떻게 된 일인지 모르는 듯했다.

이에 브리올렛은 자신이 아는 무투에 관한 지식을 총동원해 원인을 파악하려 노력하는 중이었다.

그녀가 미간을 찌푸리며 뭔가를 골똘히 생각하는 사이, 샤렌은 다시 한 번 팔에 하온을 모았다.

이어 재차 직탄격을 펼치는 샤렌.

쿠아아앙!

조금 전보다 더 큰 폭발음이 울려 퍼졌으나, 역시 주변의 먼지만 위로 띄웠을 뿐이다.

샤렌이 난감한 표정을 짓고 있을 때 브리올렛이 물었다.

"혹시 샤렌님이 가진 하온이라는 힘이 저희 가문에서 잉크라를 운용하는 것과 비슷한가요?"

샤렌은 시간을 두었다가 대답했다.

"딱히 비슷하다고 말할 수는 없지만, 하온을 잉크라와 유사한 방식으로 운용할 수는 있다고 생각해요."

자신이 하온을 운용하는 방식은 하온 본연의 사용법이 아니었다. 타이루트를 그려내 하온을 운용하는 방식은 크레논의 운용법 중에서도 제천의 후예들이 사용하는 방법인 것이다.

이는 잉크라의 운용법이 하온에도 적용될 수 있는 가능성의 단증이라고 샤렌은 생각했다.

"에? 잉크라의 운용법을 하온에 적용할 수도 있다고요?"

브리올렛이 눈을 동그랗게 떴다. 샤렌이 직탄격을 펼칠 때, 마치 직탄격의 오의(奧義)를 깨달은 것처럼 본연의 위력을 내는 모습을 봤다.

이에 샤렌이 사용하는 하온의 운용법이 메르타 가문의 잉크라 운용법과 흡사한 방식일지도 모른다는 가능성을 떠올렸던 것이다.

한데 샤렌의 입에서 나온 대답은 전혀 엉뚱했다. 하온을 잉크라의 운용법으로 사용할 수 있다는 식인 것이다.

"확신할 수는 없지만 분명히 가능성은 있어요. 제가 지금 하온을 사용하는 방식도 원래 하온의 운용법이 아니거든요."

"그런 말도 안 되는……!"

브리올렛은 황당무계하다는 표정을 지었다.

Rhapsody Of Cardival

"말이 안 돼요?"

"그럼요. 남부 대륙의 전사들은 모두가 잉크라를 수련하지만 각 가문마다의 축적법, 운용법에 특색이 있기 마련이에요. 흠, 그러니까……."

브리올렛은 잠시 눈동자를 이리저리 굴리다가 입을 열었다.

"쉽게 설명을 해보자면 특정 가문의 잉크라의 경우, 축적 당시부터 강한 특징을 갖곤 해요. 뜨거운 기운을 내포한다든지, 반대로 차가운 기운을 내포한다든지 하는 식이죠."

"호오!"

"그런 가문의 경우에는 운용법 역시 확연히 구분이 돼요. 형과 투로에 특징적인 잉크라를 운용해 최대의 효과를 내야 하니까요."

"그럼 열기(熱氣)가 강한 잉크라를 익힌 사람이 냉기(冷氣) 위주의 형과 투로를 써봐야 별 소용이 없겠군요."

"그 정도에서 끝이 아니에요. 쉽사리 혼마지경(混魔之境)에 들죠."

"혼마지경?"

"혈맥이 뒤틀려 내장에 무리가 가거나, 휘도는 잉크라의 기운을 이기지 못해 정신이 이상해지기까지 한다고요."

잘못된 잉크라의 운용 또한 심각한 부작용을 낳는 모양이었다. 크레논 역시 마찬가지였으니 샤렌은 어렵지 않게 브리올렛의 말을 알아들었다.

"일단은 크게 걱정하지 않아도 될 것 같아요. 전 지금 메르타 가문의 잉크라 운용법으로 하온을 사용하고 있는 게 아니니까요."

"그럼 아까는요?"

"아까는 말했던 대로 하온이 절로 반응했던 거라……."

"그래서 샤렌님이 일부러 하온을 사용할 때는 오히려 아까와 같은 위력이 안 나오는 거군요."

"아마도 아까는 그냥 우연이었나 봐요."

"우연이었더라도 직탄격을 제대로 사용했다면 반드시 그 방법을 알아내야죠. 수백여 년 만에 부활한 제대로 된 직탄격의 위력이었는걸요. 벽공(劈空)의 타격, 그러니까 허공을 격해서 공격할 수 있다는 건 모든 전사들이 꿈에서나 이룰 수 있는 경지라고요."

브리올렛은 다소 상기된 표정으로 말했다.

샤렌은 자신이 우연히 펼쳤던 한 수에 그렇게까지 의미가 있는 줄 몰랐다. 이오나도, 테오타신도 극쾌(極快)의 검술인 풍참을 너무도 수월하게 펼쳤기에 공간의 한계를 극복하는 무투술이 얼마나 대단한지 체감할 수 없었던 것이다.

"그러니 아까 전에 어떻게 했었는지 잘 좀 생각해 보세요."

"흠……."

샤렌은 턱을 매만지며 아까 전의 기억을 더듬었다.

하지만 별달리 떠오르는 것은 없었다. 정말이지, 하온이 무의식중에 움직였던 터라 자세한 바가 기억나질 않는 것이다.

샤렌의 찌푸린 미간을 살핀 브리올렛이 입을 열었다.

"기본적으로 아까 전과 지금의 가장 큰 차이가 뭐죠?"

"의식적으로 하온을 움직였느냐, 그렇지 않느냐의 차이죠."

"아! 혹시……?"

"뭐 생각나는 거 있어요?"

"아까 전 직탄격을 펼칠 때, 이완과 집중에 대해 수련하는 중이었잖아요!"

"그렇죠."

"하온 역시 마찬가지가 아닐까요? 근육의 힘이 집중되는 타이밍에 하온도 순간적으로 더 강하게 집중해야 하는 거 말이에요."

일리가 있는 말이었다. 아까와 달리 지금은 기본적으로 하온을 운용해 팔에 흘려놓은 상태다. 주먹 끝에 모인 하온의 양이 아까보다는 크겠지만, 순간적인 집중력은 다소 떨어진다고 봐야 할 터였다.

"다시 한 번 해볼게요."

샤렌은 직탄격을 위한 준비 자세를 취했다.

이어 삼합회를 의식하며 강하게 주먹을 뻗었다.

팔꿈치가 완전히 뻗어지는 순간, 하온을 주먹 끝에 집중시

컸다.

콰아아앙!

아까보다 더 큰 폭발음.

멀찌감치 물러서 있던 브리올렛은 한 걸음 더 뒤로 물러섰다. 폭발이 만들어낸 기파와 풍압이 더 거세졌기 때문이다.

와중에도 그녀는 바위에서 시선을 떼지 않았다. 결과를 확인하기 위해서다.

하지만 그녀의 바람과 달리 바위는 미동조차 없었다.

샤렌의 얼굴에도 실망이 스쳐 지나갔다. 이전에 비해 하온을 제대로 집중했는데도 결과가 크게 달라지지 않았던 것이다.

'하온을 좀 더 많이 움직여야 하나?

지금껏 샤렌이 운용하는 하온의 양은 미미하달 수 있었다. 전력을 다했다가는 얼마나 큰 폭발이 일어날지 스스로도 잘 모르기도 하거니와 한꺼번에 많은 하온을 소진하면 쉬이 지쳐 연습을 하는 데는 적합지 않았다. 무엇보다 무의식에 반응했던 하온의 양이 많았을 리 없다는 것을 염두에 두어서였다.

'아니면 아예 하온을 아예 팔 쪽으로 보내지 말았다가 순간적으로 집중시켜 볼까?

두 가지 다 가능성이 있었다.

"브리올렛님, 좀 더 물러서 보세요."

브리올렛은 샤렌이 뭔가 새로운 시도를 하려는 것을 눈치

채고는 뒷걸음질을 쳤다.

콰아아앙!

이전보다 많은 양의 하온을 움직여 본 결과로 일어난 폭발.

한참이나 물러선 브리올렛의 몸이 흔들릴 정도의 여파를 만들었다.

하지만 바위는 여전히 꿈쩍도 안 했다.

콰앙!

이번에는 아예 하온을 운용하지 않다가 순간적으로 주먹에 집중한 방법으로 일어난 폭발.

역시 바위는 멀쩡한 모습이었다. 샤렌이 떠올린 두 가지 가정이 모두 옳지 않았던 것이다.

샤렌은 난감한 표정을 지었다.

그가 하는 행동에서 눈을 떼지 않던 브리올렛이 말했다.

"두 번째는 첫 번째에 비해 주먹이 좀 느린 것 같네요?"

샤렌이 두 번째로 직탄격을 펼치는 동작이 브리올렛의 눈에 선명히 보였다. 본래 임시 숙소 내의 연무장에서 연습할 때 브리올렛은 샤렌이 하온을 운용하지 못하게 했다. 샤렌이 지나치게 빨리 움직이면 잉크라를 운용할 수 없는 브리올렛은 정확한 동작을 살피지 못하기 때문이다.

따라서 이곳에 오른 후의 샤렌의 움직임은 브리올렛의 안력을 벗어나 있었다. 미량이라 해도 샤렌이 하온을 운용했기 때문이다.

하지만 마지막 직탄격만큼은 달랐다. 보통의 사람에게는 비할 바 없이 빠른 움직임이었으나, 브리올렛의 안력을 벗어날 정도까지는 아니었던 것이다.

"아! 두 번째는 주먹이 타격점에 이르렀을 때만 하온을 운용했어요. 아까 숙소에서처럼 특별히 하온을 운용하지 않은 상태에서 갑작스레 주먹에 집중을 해본 거죠. 그런데 별 소용은 없네요."

샤렌은 뒤통수를 긁으며 멋쩍게 웃었다.

"제가 보기에는 숙소에서와 많이 다르던데요?"

"뭐가요?"

"삼합회는 그럴듯하게 보였지만 기세가 약해요. 산을 무너뜨릴 기세로 주먹을 쳐내야 한다고 말씀드렸잖아요."

"아!"

회전과 집중에 신경을 쓰면서 하온의 움직임까지 염두에 두다 보니 미처 거기까지 생각을 못했다. 샤렌은 브리올렛의 지적을 받고서야 자신이 무엇을 놓치고 있었는지 깨달았다.

연무장에서 샤렌은 마치 저 멀리 산이 있다는 느낌으로 직탄격을 펼쳤다. 자신의 일권에 산이 무너진다는 상상 속에서 강한 기세로 주먹을 내질렀던 것이다.

'하온이 의지에 감응해 폭발을 일으켰다면 폭발 이후의 결과에도 관여하지 않을까?'

샤렌은 머릿속에 떠올린 가정을 직접 실험해 보기로 했다.

그는 곧바로 다시 자세를 갖췄다.

그리고 바위에 시선을 고정시켰다.

자신의 일격에 산산조각이 날 바위를 머릿속으로 그리며 팔에 하온을 흘려보냈다.

"합!"

발끝에서 이는 회전이 나머지 회전을 수반할 때, 샤렌의 입에서 절로 기합성이 터져 나왔다.

위맹하기 짝이 없는 기세가 이는가 싶더니 샤렌의 주먹은 이미 앞으로 길게 뻗어졌다.

콰아아앙!

주변을 가득 물들이는 금빛 광채와 굉음이랄 수 있을 정도의 폭발음이었다.

그리고…….

"……!"

브리올렛은 넋을 잃은 표정을 지어야만 했다.

샤렌이 주먹을 뻗은 방향에 있어야 할 바위가 사라졌다. 아니, 정확히 말하자면 사라진 것이 아니고 그저 모양을 바꿨을 뿐이다. 거대했던 바위에서 미세한 가루로 변해 바람에 흩어진 것이다.

"돼, 됐다!"

샤렌은 자신의 주먹과 먼지가 되어 사라진 바위를 번갈아 보며 말했다. 스스로도 믿기 힘든 현상이었던 것이다.

“그저 상상 속에서 바위를 겨냥했을 뿐인데 결과가 이렇게 달라지다니……!”

결과는 만들어냈지만, 아직까지 자세한 원리에 대한 답을 모르는 샤렌이었다.

그런 샤렌을 향해 환한 미소를 짓고 있던 브리올렛이 말했다.

“초기의 잉크라는 스스로를 속이는 방법에서 시작되었다고 전해지고 있어요.”

“스스로를 속이는 방법?”

브리올렛은 샤렌의 질문에 대답 대신 땅에 떨어진 마른 나뭇가지를 들어 올렸다. 어린아이 손목 정도의 굵기를 가진 나뭇가지였다.

그리고는 손을 들어 올린 다음, 수직으로 나뭇가지를 내려쳤다.

탁.

꽤나 강하게 내려쳤음에도 나뭇가지는 멀쩡했고, 브리올렛은 미간을 찌푸렸다. 반탄력에 통증을 느낀 것이다.

“단련되지 않은 손날과 부족한 제 근력, 순발력으로는 아무리 힘을 써도 이 정도 굵기의 나뭇가지를 부러뜨리지 못하죠.”

브리올렛은 이미 그럴 줄 알았다는 듯 말을 하고는 시선을 나뭇가지로 옮겼다.

그렇게 뚫어져라 나뭇가지를 응시하며 호흡을 고르던 그녀가 느릿하게 손을 들어 올린다.

휘익.

앞서와 비슷한 속도로 나뭇가지를 향해 손을 내려치는 브리올렛.

탁.

"……!"

둔탁한 음향에 이어 샤렌은 두 눈을 동그랗게 떴다. 분명 앞서와 별 차이가 없는 동작이었음에도 브리올렛의 손날에 나뭇가지가 부러져 나간 것이다.

"어떻게……?"

브리올렛은 여전히 당연하다는 표정으로 설명을 시작했다.

"저 자신을 속인 거죠."

그녀는 반 토막 난 나뭇가지를 가슴 언저리로 들어 올렸다.

"제 손에 이 나뭇가지가 부러질 것이라고 확고히 믿는 거예요. 그리고는 부러져 나간 나뭇가지를 두 눈으로 그리듯 선명히 떠올리는 거죠. 의지가 강하면 강할수록, 부러진 나뭇가지를 선명히 떠올리면 떠올릴수록 쉽게 부러뜨릴 수 있어요. 남부 대륙의 무투술이 정신 수양을 기반으로 하는 것은 이처럼 신념에 가까운 의지를 언제든 불러낼 수 있도록 하기 위함이에요."

브리올렛은 나뭇가지를 자신의 어깨 뒤로 던졌다.

"초기의 잉크라는 이와 같은 의지의 발현을 돕기 위한 상상의 산물로 여겨졌어요. 호흡과 명상을 통해 축적되고 활용할 수 있다는 믿음을 통해 보다 수월하게 초인적인 힘을 발휘할 수 있게 된다고 생각한 거죠."

"체내의 에너지를 구체화시켜 보다 확고한 믿음을 가진 정도였겠군요."

"맞아요. 잉크라의 축적과 사용이 보다 정교해지고 효율적으로 확립되기 전까지는 의견이 분분했죠. 체감이 되기 전까지는 잉크라의 실존에 대한 의문이 많았거든요. 사실 조금 전에 보신 것처럼 잉크라를 사용할 수 없는 저조차도 상식을 뛰어넘는 힘을 발휘할 수도 있으니까요."

브리올렛의 설명에 샤렌은 고개를 끄덕였다. 확신을 통해 자신을 속이는 방법은 여자를 유혹할 때도 유용하게 쓰인다. 샤렌 역시 오랫동안 사용해 온 방법이다.

샤렌은 매일 아침 거울을 보며 스스로에게 매력이 넘치고 있다고 말한다. 이와 같은 말이 쌓이고 중첩되다 보면 스스로에게 매력이 있다고 자신도 믿어버리게 된다.

결과는 상상 이상의 효과를 발휘한다. 단순히 자신감의 고양에 국한되는 결과가 아니었다. 여자들은 실제로 자신이 믿듯 매력을 느끼며 호의를 품었다.

화가 난 자신이 스스로도 납득키 힘든 괴력을 발휘하는 것도 마찬가지였다. 응징이라는 하나의 의지가 분노로 화해 평소 이상의 능력을 발휘하는 것이다.

이렇듯 속인다는 표현을 할 정도로 스스로에게 확신을 갖게 되면, 평소 생각하기 힘든 결과를 만들어낼 수 있음을 샤렌도 잘 알고 있었기에 브리올렛의 말을 쉽게 수긍할 수 있었다.

"훗날 잉크라의 실존이 명확히 밝혀졌듯, 굳은 의지와 확신 또한 무투술의 위력에 커다란 영향을 끼친다는 사실이 드러났어요. 남부 무투술이 정신 수양에 큰 비중을 둘 수밖에 없는 이유이기도 하죠."

"결국 제가 바위를 부수지 못했던 건 형에 붕산지세(崩山之勢)를 담지 않아서였군요. 산을 부수겠다는 의지 없이 헛되이 주먹을 뻗은 거였어요."

샤렌은 스스로를 반성하듯 말했다. 양피지에서 붕산지세라는 말을 읽었음에도 주의를 기울이지 못했던 것이다. 모든 게 아직까지 몸에 익지 않아서 하나하나 따로 신경을 써야만 하기에 생긴 일이었다.

"그런 표정을 지을 때가 아니에요."

샤렌의 표정을 보고 브리올렛이 당치 않다는 듯 말했다.

"샤렌님은 지금 수백여 년에 사라져서 이제는 전설이 되어버린 직탄격의 위력을 제대로 재현해 낸 거라고요."

"아하핫! 아직은 그저 흉내에 불과한 걸요."

"무슨 소리예요! 이 한 수만으로도 샤렌님은 남부 대륙에서 손꼽히는 전사로 인정받을 수 있을 정도라고요. 직계나 방계의 후예가 아니라면 샤렌님을 상대하기 힘들걸요."

"에? 고작 형 하나로 그 정도까지나요?"

"고작이라뇨? 샤렌님은 방금 전에 허공을 격해 바위를 가루로 만들었다고요! 대상이 바위가 아니라 사람이었다면 어떻게 되었겠어요? 지금의 공격을 검이나 방패로 막을 수 있다고 생각해요?"

브리올렛은 눈썹을 상큼 치켜올리며 따지듯 물었다. 비록 메르타 가문 전통의 비전을 승계한 직탄격은 아니었으나, 형과 무리에 메르타 가문의 것을 좇아 재현된 직탄격이었다. 그 직탄격이 만들어낸 결과에 대한 자부심이 남다를 수밖에 없었던 것이다.

2

수련 7일째.

뒷산에 오른 샤렌은 하루같이 직탄격 하나에만 매달리는 중이었다. 브리올렛의 성화에 다른 형을 수련할 여유를 갖지 못했던 것이다.

결과는 샤렌에게도 긍정적이었다. 충분한 시간을 두고 하온의 운용 방식을 시험해 볼 수 있었기 때문이다.

　기본적으로 팔에 흘려보내는 하온의 양을 조절해 보고, 집중 시의 양에도 다양한 변화를 주었다.

　매번 결과를 확인하며 연습했기에 이제는 타격의 위력까지 조절할 수 있게 되었다. 다시 말해, 마음먹은 대로 직탄격의 위력을 증감할 수 있게 된 것이다.

　그뿐 아니었다. 브리올렛의 지도하에 샤렌이 중점적으로 연습한 것은 연속적인 권력의 발출이었다.

　샤렌이 엄청난 위력의 직탄격을 사용할 수 있게 된 이후, 브리올렛은 철저히 실전을 염두에 두고 수련을 이끌어갔다. 아직까지 무투술이 몸에 익지 않은 샤렌이었다. 박투나 무구를 사용하는 근접전에 있어서는 불리할 수밖에 없다.

　이에 브리올렛은 적이 샤렌에게 근접하지 못하도록 연속기를 사용해 거리를 확보할 수 있게끔 수련을 지도했다. 첫 번째 공격이 적에 의해 막아지거나 피해냈을 때를 염두에 둔 재공격에 대해 다양한 대비책을 세운 것이다.

　"오늘부터는 보법에 대해서도 연습을 해보죠. 제자리에 서서 적과의 거리를 확보하는 데는 무리가 있으니까요."

　샤렌에게 이견이 있을 리 없었다. 이 꼬마 아가씨가 알고 있는 무투술에 관한 이론은 실로 다양하고 깊이가 있어 샤렌이 감탄할 수밖에 없을 정도였다.

　한편으로는 그런 브리올렛이 안타깝기까지 했다. 저 정도나 되는 이론을 습득하게 된 배경을 알기 때문이다. 잉크라를 익힐 수 없는 체질이 아니었다면 그녀는 남부 대륙에서 손에 꼽히는 여전사로 자라나지 않았을까 하는 생각이 든 것이다.

하지만 샤렌은 그와 같은 기색을 드러내지 않았다. 브리올렛의 상처를 건드리게 될 것을 염려했기 때문이다. 샤렌은 그저 한창 흥이 오른 브리올렛의 기분에 맞춰 수련에 열중할 뿐이었다.

"지난번에 봤을 때 샤렌님은 보통 사람으로서는 상상할 수 없을 정도의 속도로 움직이시더군요. 하온 때문이겠죠. 하지만 제아무리 빠른 속도로 움직인다 해도 신형이 적의 예상 범위 내에 있다면 아무런 소용이 없어요. 보법이란 적의 공격을 피하고, 나아가 자신의 공격을 위한 최상의 위치를 점하는 거예요."

브리올렛의 설명은 샤렌도 알고 있었다. 양피지에 적힌 내용이었기 때문이다. 처음 양피지를 읽었을 때, 적혀 있는 내용이 여자를 유혹할 때와 흡사해 쉽게 배울 수 있다고만 여겼다.

하지만 읽어가며 고개를 한 번 끄덕인 것과 실제로 사용하는 데는 많은 차이가 있다는 사실을 수차례에 걸쳐 절실히 체감하게 되었다.

이에 샤렌은 매일같이 양피지를 읽고 또 읽으며 그 내용을 숙지하려 노력했다. 필요할 때면 언제든 암기한 내용을 떠올려 실제로 적용하기 위해서였다.

"일단 저와 수련할 때는 보통 사람 정도의 속도로 움직여 주세요. 지금 중요한 것은 속도보다는 방위와 위치니까요."

브리올렛은 팔을 걷어붙이고 앞으로 나섰다.

"자, 제 공격을 피해보세요."

브리올렛은 자세를 살짝 낮추는가 싶더니 곧바로 주먹을 뻗어 샤렌의 가슴 언저리를 공격해 왔다. 제법 날카로운 일권이었으나 샤렌의 눈에는 한없이 느리게만 보였다.

그는 가볍게 한 걸음을 옆으로 옮겨 브리올렛의 주먹을 피해냈다.

"자! 지금의 회피에 대해 한번 짚어볼게요. 거기서 움직이지 말아보세요."

당부를 마친 브리올렛이 내민 발의 위치를 바꾸며 왼 주먹을 뻗었다. 그녀의 주먹은 자연스럽게 샤렌의 가슴 중앙에 닿았다.

"제 공격이 자연스럽게 연결되죠? 샤렌님이 지금 움직인 방위와 위치는 적에게 최적의 기회를 제공한 셈이 되는 거예요."

브리올렛은 주먹을 거둬들이며 말했다.

"만약 제 첫 주먹이 진격(眞擊)이 아닌 허격(虛擊)이었다면 더 그렇고요."

"허격?"

양피지에 적힌 내용 중 상당 부분을 외운 샤렌이었다.

하지만 그 내용은 이미 무투의 기초를 닦은 메르타 가문의 후예를 위한 것.

샤렌이 알지 못하는 초보적인 내용이 아직 상당했다. 허격과 진격에 관한 것 역시 샤렌은 알지 못하는 부분이었다.

"애초에 진짜로 상대를 공격할 마음 없이 상대의 반응을 이끌어내는 동작을 허격이라고 해요."

"아! 일종의 속임수 같은 거네요?"

"맞아요. 비슷한 수준의 두 사람이 격전을 벌인다고 했을 때, 진격과 허격을 구분하는 것은 매우 중요하죠."

여자의 마음을 유혹하는 과정은 예술과 다름없다는 게 샤렌의 지론이었다. 동원할 수 있는 모든 감각이 사용되며, 상대의 빈틈을 파고들어 일순에 점하는 과정은 무투의 격렬함에 비할 바가 아니라 여겼다.

하지만 막상 무투술을 배우다 보니 그의 흥미를 자극하는 요소가 많았다. 단순히 무작스러운 힘으로 상대를 몰아붙이는 게 전부가 아니었던 것이다.

"일단 샤렌님의 경우는 적을 공격하고 방어하는 투로에서 허격과 진격이 있다는 사실 정도만 알아두시면 돼요."

브리올렛은 그렇게 말하고 다시 보법에 대한 설명을 이어 갔다.

"직접적 방어가 아니라 신형을 이동해 적의 공격을 피해낼 때는 반드시 상대의 후속 공격에 대한 방비가 있어야 해요.
조금 전 샤렌님은 우측으로 몸을 움직였죠?"

"네."

"이는 제 작은 움직임으로도 쉽사리 후속 공격을 이어갈
수 있는 방향이에요. 제 좌측 손은 놀고 있지 않으니까요. 이
경우는 기본적으로 좌측으로 이동해야 해요. 한번 움직여 보
세요."

브리올렛은 가볍게 주먹을 내질렀고, 샤렌은 우측으로 한
걸음을 움직였다.

"자, 이 상태에서 제가 다시 공격을 펼치려면 아까보다 복
잡한 과정을 거쳐야겠죠? 좌측 손을 뻗기 위해서는 상반신만
돌려서는 닿지 않을 테니까요. 설령 닿는다고 해도 이 상태에
서는 제대로 된 가격을 할 수가 없어요."

샤렌은 고개를 갸웃거렸다.

"내뻗은 우측 팔을 휘두르면 되지 않나요?"

"가능은 해요. 하지만 이미 전력을 다했던 주먹의 방향을
틀기란 쉽지 않을뿐더러, 팔을 휘두르면 우측 가슴이 크게 개
방되잖아요. 상반신이 비틀려 몸의 중심이 바로잡히지 않은
상태에서 가슴을 개방하는 건 위험하기 짝이 없는 동작이
죠."

"상대가 공격을 한 번 더 피했을 때 반격의 여지를 준다는
말이군요."

"맞아요! 상대의 반응에 따라 어떤 상황이 펼쳐질지 모르는 만큼, 모든 움직임에는 철저한 후속 동작이 준비되어 있어야 해요."

"순간적으로 그 많은 걸 생각해야 한다는 건가요?"

"말씀드렸잖아요. 그래서 형을 몸에 익히고 투로를 배우는 거예요. 모든 움직임에서 자연스럽게 다음을 준비하도록. 머리보다 몸이 먼저 반응할 정도로 수련을 거듭하는 거죠."

샤렌의 의문은 거기에서 그치지 않았다.

"하지만 이쪽으로 피하는 게 정석이라면 공격자도 당연히 이와 같은 이동 경로를 예측하고 있지 않을까요? 브리올렛님의 말대로 허격을 통해 이쪽으로 반응을 이끌고 다음 진격을 준비할 수도 있잖아요."

샤렌의 질문에 브리올렛은 미소를 지었다.

"좋은 지적이에요. 샤렌님은 정말 가르치는 사람으로 하여금 흥이 나게 하는 스타일이네요."

"하하핫!"

비록 자신보다 한참이나 어린 브리올렛의 칭찬이었으나 제법 기분이 좋았다. 샤렌 스스로가 강해지고자 하는 마음이 절실하기 때문이었다.

"보법에서 방위뿐 아니라 상대와의 거리를 염두에 둔 위치를 중시 여기는 것에도 이유가 있는 거죠. 내게는 유리하고 상대에게는 불리한 위치를 잡는 거예요. 당연히 여기에는 상대의 반응에 대한 변수도 고려되어야 하고요. 그래서 보법에서는 한 번 동안의 이동 거리와 그에 따른 체중 분배가 상당히 신중하게 다뤄져요. 상대의 예측에서 벗어나면서도 혹시 모를 이동에 신속하게 반응하기 위해서죠."

설명을 마친 브리올렛은 메르타 가문의 보법에 대해 본격적인 시연에 들어갔다.

적의 공격에 따른 이동을 보여주고, 왜 이와 같은 이동의 방위와 위치가 효과적인지 설명을 하고, 체중의 분배 등에 대해 세세히 설명했다.

그러다 보니 메르타 가문의 기본 보법에 관한 설명과 시연에 불과한데도 날이 저물어 버렸다. 샤렌에게 보법 하나하나를 연습시켜 가며 설명과 시연이 진행되었기 때문이다. 앞서 샤렌에게 직탄격만을 수련하게 했던 것과는 사뭇 다른 방법이었다.

이는 브리올렛이 당장에라도 샤렌이 활용할 수 있는 방법 위주로 수련을 진행했기 때문이다. 며칠 후면 샤렌이 혼천암 향가의 가주를 만날 것을 알고 있는 브리올렛이었다. 혹시 있을지 모를 위험에 지금 익히고 있는 무투술이 작은 도움이라도 될까 싶어 가장 단순하면서도 효율적인 것을 우선적으로 익히게 하는 것이었다. 샤렌은 이미 잉크라를 운용하는 전사들에 못지않은 스피드를 가지고 있다. 그러니 올바른 방법만 알려주면 당장에라도 실효를 거둘 방법이 있다고 브리올렛은 생각했다.

한편 그런 브리올렛의 의도를 알지 못하는 샤렌임에도 계속 흥미를 유지하며 수련에 임하고 있었다. 기본이 이렇게나 복잡할진대 앞으로 배울 무투술이 또 얼마나 많은 것을 담고 있을지 기대가 되었기 때문이다. 조금이라도 많은 것을 배워갈수록 미천했던 자신에게서 멀어지는 것이기에 샤렌은 고되거나 지루하다는 생각을 할 틈이 없었던 것이다.

쯧쯧!

그저 좀 강해졌다는 이야기가 나오나 싶으면 눈을 반짝이긴…….

그래 봐야 그 양반은 이제 막 걸음마를 떼었을 뿐이야.

무투술이라는 게 그렇게 호락호락하진 않다고.

뭐?

이번엔 가만히 이야기를 잘 듣고 있었는데 왜 트집이냐고?

네놈이 그 양반이 대체 언제 싸우나만 기다리는 표정을 노골적으로 짓고 있어서 하는 말이다.

누구 한 사람의 이름이 역사에 짙은 흔적을 남긴다는 게 그저 힘으로 치고받고 싸워서만 되는 게 아니야.

네놈 때문에 정말 중요한 이야기는 대충대충 넘어가고 있는데도 지루한 표정 일색이니 이야기할 맛이 나겠냐?

중요한 얘기가 뭐였냐고?

잘 생각해 봐.

내 이야기 중에 네가 지금까지 살아온 세상에 대한 이치가 있었다고.

아니, 앞으로도 이런 이치는 크게 변치 않을 테고 말이야.

그런 중요한 이야기는 흘려듣고 있다가 싸움판 벌어질 기미만 보이면 눈을 빛내니 그저 한심하다는 생각뿐이다.

알았다, 알았어.

네 입으로 말한 건 없으니 일단은 나머지 이야기도 해주마.

대신 한마디 한마디 흘려듣지 말고 들어.

　내 나름대로 네 녀석 취향에 맞춰 이야기를 끌고 가느라 짧게 넘어가

는 부분에야말로 네가 꼭 들어야 할 이야기가 있을 테니까 말이야.

Chapter 8

1

샤렌이 혼천암향가의 가주를 만나기 하루 전날 저녁.

다소 냉막해 보이는 사내가 하루 종일의 수련을 마친 샤렌을 찾아왔다. 지난번 막수스의 우측 뒤쪽에 서 있던 자였다. 스스로를 텍스톤이라 밝힌 그는 막수스의 명을 받고 급한 소식을 전하러 왔다고 했다.

"급한 소식이라는 게……?"

"샤를로엔님의 친구 분들을 찾았다는 보고가 있었습니다. 막수스님께서는 샤를로엔님께서 한시라도 빨리 이 소식을 알고 싶어하실 거라며 일부러 저를 보내셨습니다."

“이시스와 드리튼을 찾았다고요?”

평소 자신의 감정을 고스란히 드러내는 법이 없는 샤렌이었으나 지금만큼은 달랐다. 두 친구를 향한 감정이기에 일 푼도 감출 이유가 없었던 것이다.

“엔살룸이 워낙 경직된 상황이라 조사에 난항이 많았습니다. 은인과 관련된 일인데 이렇듯 늦어져서 정말 죄송합니다.”

말투로 미루어 이 텍스톤이라는 자가 이시스와 드리튼을 찾는 임무를 맡은 모양이었다.

“아닙니다. 찾아주신 것만으로도 감사하지요.”

달랑 인상착의와 이름만으로 수많은 사람이 모여 있는 엔살룸에서 둘을 찾아내기란 쉬운 일이 아니었을 것이다.

더구나 북부 연합과 전쟁을 눈앞에 두고 대치 중인 상황.

활동의 폭에 제한이 있었을 것을 염두에 둔다면 메르타 가문의 신속한 일 처리 능력은 탁월한 정도를 넘어서 있었다.

“두 친구 분께서는 북부 연합과 남부혈맹의 중립 지대랄 수 있는 곳에 위치한 ‘프레타의 여명’ 이라는 여관에 계십니다. 사람을 시켜 두 분을 이리로 모셔올까요?”

텍스톤은 사무적이면서도 공손하게 물었다. 지켜야 할 선을 지키는 사람은 상대하기 까다롭다는 사실을 알고 있는 샤렌이었으나, 지금 그에 대한 판단을 내릴 때가 아니었다.

“아닙니다. 제가 직접 가겠습니다.”

"그럼 호위를……."

"친구들을 만나러 가는데 굳이 호위가 필요하겠습니까?"

"샤를로엔님의 안위는 저희 메르타 가문에 있어 소홀할 수 없는 사안입니다. 친구 분들이 놀라실 일은 없을 겁니다. 저희 호위 중에서도 암행(暗行)에 능한 전사들이 있으니까요."

정중함 속에 감춰진 단호함을 샤렌은 읽을 수 있었다. 그는 자신이 내일 저녁 브리올렛을 위해 중요한 역할을 수행할 것을 알고 있다. 결단코 물러서지 않으리란 얘기였다.

"그럼 신세를 지겠습니다."

호의에 맞서 괜스레 고집을 부릴 이유가 없는 터.

샤렌은 못 이기는 척 텍스톤의 제안을 수락했다.

그와 같은 샤렌의 행동은 텍스톤의 날카로운 시선하에 고스란히 놓여 있었다.

'역시 가주님의 안목은 탁월하군.'

친구들에 대한 소식을 듣고 더없는 기쁨을 드러낸 청년이었다. 혈기왕성한 나이임을 고려하면 친구들의 거처를 재촉해 묻고 당장 달려가고파 안달하는 모습을 보여도 이상할 게 없었다.

한데 이 청년은 달랐다. 정중히 예의를 갖추고, 자신의 제안에 대해서도 냉철히 판단을 내렸다. 앞서 보였던 극한 감정의 표출과는 사뭇 구분되는 태도였다.

결국 크라슈 가의 차남은 어떤 환경에서건 동요하지 않고 사리를 판단할 수 있다는 뜻.

샤렌이 이미 수차례 삶과 죽음의 경계를 넘나들었다는 사
실에 대해 모르는 텍스톤으로서는 연륜을 넘어서는 그의 행
동에 내심 감탄할 수밖에 없었다. 이 청년에게 메르타 가문의
무투술을 전하고 브리올렛의 안위를 위한 안배를 해둔 것은
막수스의 탁월한 선택이라는 생각이 들었다.

2

프레타의 여명은 겉보기에도 정갈하고 제법 품격있어 보
이는 숙박업소였다.

'여전하군.'

낯선 타지에 와서도 그럴듯한 숙소를 구한 친구들을 생각
하며 샤렌은 입가에 미소를 머금었다.

그는 성큼성큼 걸음을 옮겨 프레타의 여명 입구로 들어섰
다.

왁자지껄한 소리가 들렸다. 제법 넓은 1층 공간은 레스토
랑 겸 펍으로 꾸며져 있었다. 투숙객에게 음식과 술을 파는
곳이었다.

1층의 좌석은 빈틈없이 가득 메워져 있었다. 아마 인근에
서는 제대로 된 펍으로 소문이 난 곳인 모양이었다.

투숙객 전원이 이곳에 모여 있지 않다면 이렇게나 분주할

수 없을 터.

다른 곳에서 술을 마시러 많은 사람들이 찾아온 게 분명했다. 드리튼과 이시스가 왜 이곳을 숙소로 정했는지 짐작이 갔다. 둘은 이곳이 방에서 내려와 바로 술을 마시기에 좋다는 것을 고려했을 것이다.

'이 시간이면…….'

샤렌은 데스크에서 친구들이 묵는 방을 찾지 않고 1층의 공간을 둘러봤다. 해가 저물었지만 잠자리에 들기에는 이른 시간이다. 다른 장소를 찾아가지 않았다면 이곳 1층에서 술을 마실 확률이 더 높았다.

넓은 장소에 많은 사람들로 북적이고 있었지만 샤렌의 날카로운 눈썰미는 한순간 친구 둘을 찾아냈다. 구석진 자리, 다소 맥 빠진 표정의 둘이 시야에 잡힌 것이다.

술자리인데도 밝지 않은 두 친구의 표정은 낯설다. 제아무리 힘든 일을 겪는다 해도 술자리에서만큼은 웃어대던 이시스와 드리튼이었던 것이다.

뭔가 뭉클한 가정이 치솟았다. 둘의 얼굴에 드리워진 그림자가 자신이 죽었다는 소식을 들었기 때문이란 걸 어렵지 않게 짐작할 수 있었다.

가슴에서 이는 감정의 파문을 이기지 못한 샤렌이 둘을 향해 막 달려가려 할 때였다.

"이건 또 뭐야?"

약간은 혀가 꼬인 듯한 목소리가 곱지 않게 샤렌의 귀를 파고들었다.

"피부색이나 머리색이나 북부인이 분명한데 왜 남방 원숭이들 옷을 입고 있는 거지?"

갑주를 갖춰 입은 모양새로 보아 한눈에도 기사임을 알 수 있다. 견갑에 세 개의 머리를 가진 독수리가 새겨졌으니 트라시아 소속이었다. 견갑의 독수리가 발톱에 쥐고 있는 것은 한 개의 화살이었다. 지난날 가스란처럼 신출내기 기사임이 분명했다.

"어쭈? 내 말을 씹어? 지금 대트라시아의 기사인 날 무시하는 거야?"

신출내기 기사의 언성이 급작스레 높아졌다. 왁자지껄한 펍에서도 그 소리는 유난스러워 사람들의 시선이 한순간 집중되었다.

이시스 역시 난데없는 소란에 시선을 돌린 사람 중 하나였다.

"어? 싸움 났나 보다."

이시스가 앉은 자리에서는 덩치 큰 트라시아의 몸에 가려져 샤렌의 모습이 보이지 않았다. 갑자기 들려온 험악한 외침과 주변의 반응으로 미뤄 시비가 붙었음을 짐작할 수 있을 뿐이었다.

"성전이 가까워지니까 다들 신경이 날카로워져서 그래."

드리튼은 고개조차 돌리지 않고 말했다. 트라시아의 황제가 엔살룸으로 향하고 있다는 사실은 이제 공공연한 사실이되었다. 외출에 나선 연합군 병사들이 술을 마시고 한마디씩꺼내 든 이야기가 널리 퍼졌던 것이다.

"트라시아 기사인데?"

호사가 기질을 감출 수 없는 이시스는 자신이 속한 나라의기사가 누군가와 싸움이 붙었다는 것에 대해 호기심을 버릴수 없는 모양이었다.

"뭐? 기쁜 날이니 소란을 벌이고 싶지 않다고?"

들려온 것은 신출내기 기사의 목소리였다. 아마 시비가 붙은 사람이 그를 달래려 했던 모양이다.

하지만 목소리로 미루어 기사는 조금도 물러설 생각이 없어 보였다.

"누군지 고생 좀 하겠는데? 요즘 트라시아 군의 행세가 장난이 아니잖아."

"트라시아 군이 연합군의 축을 이루는데다가 황제까지직접 왕림하시니 기세가 등등한 거지. 일단 단일국가로서는 남북을 통틀어 전선에 투입된 병력의 숫자가 제일 많잖아."

북부 연합의 참전국이든, 남부혈맹의 64명가든 단일 세력으로는 트라시아 제국과 어깨를 견줄 수 있는 곳은 없었다.제아무리 중립 지역이라지만 트라시아의 병사들이 기세등등한 건 당연한 일이었다.

"누군지 몰라도 불쌍하게 됐군."

"하루 이틀 벌어지는 싸움도 아닌데 신경 꺼."

술자리였다. 거기에 감정의 대립이 첨예한 각을 이루고 있는 남, 북부인이 섞여 있는 지역이다. 소소한 싸움이 매일 벌어지는 것은 이상한 일이 아니었다.

드리튼의 무심한 말에도 이시스는 트라시아의 기사에게서 시선을 떼지 못했다. 크고 작은 싸움이 매일 벌어진다지만 그 중심에 트라시아의 기사가 있는 경우는 드물었다. 그 파급력을 생각해 군에서 엄한 기강을 세웠기 때문이다.

덩치 큰 기사의 굵은 목소리가 펍에 울려 퍼졌다.

"뭐, 이 자식이?"

타인을 의식하지 않은 외침과 동시에 기사 앞에 있는 사람의 신형이 흔들렸다. 기사가 상대의 멱살을 잡아 흔든 모양이었다.

"어?"

이시스가 눈을 껌뻑였다.

"일부러 내 주의를 끌려 할 필요 없어, 이시스. 궁금하면 너나 구경해. 난 술이나 마실 테니까."

드리튼이 퉁명스레 말했다. 요 며칠 사이 이시스는 다소 밝아진 모습을 보이려 애썼다. 샤렌의 죽음에 대한 비통한 심정이야 자신과 다를 바 없지만, 이대로 계속 침울하게 지낼 수만은 없다는 생각에서일 것이다. 아마 계속해 우울한 자신이 걱정되어서 일부러 쾌활한 모습을 보이는 거라고 드리튼은 생각했다.

지금도 마찬가지리라. 괜히 과장된 액션을 취해 자신의 시선을 싸움판으로 이끌게 하려는 것이다.

"그게 아니라……."

이시스는 앉은 상태에서 몸을 좌우로 기울였다. 기사 너머의 상대를 확인하기 위해서였다.

그런 이시스의 동작을 과장되다 여긴 드리튼이 말했다.

"그냥 너나 구경하라니까!"

"그게 아니라니까, 인마!"

이시스는 짜증 섞인 목소리를 냈다.

그리고는 문득 생각났다는 듯 말했다.

"너, 지난번에 술에 취해 붉은 머리카락을 가진 남부인을 봤다고 했지?"

"웅? 그거 취해서 잘못 본 거라고 말했잖아."

"근데… 나도 지금 붉은 머리 남부인을 본 것 같아서 말이야."

이시스는 소동이 일어난 방향을 계속 바라보며 말했다.

"에?"

이번에는 드리튼도 반응을 보였다. 이시스를 좇아 고개를 돌린 것이다. 이시스도, 자신도, 이제 막 술을 마시기 시작했다. 이시스가 지난번의 자신처럼 술에 취해 헛것을 봤을 리가 없는 것이다.

드리튼의 눈에 자세한 정황은 보이지 않았다. 덩치 큰 트라시아의 기사로 인해 상대는 풍성한 옷차림만 힐끗힐끗 보였던 것이다.

결국 드리튼도 이시스와 같이 몸을 좌우로 움직였다. 트라시아의 기사 너머의 상대를 보기 위함이었다.

좀처럼 뜻을 이루지 못한 드리튼이 막 몸을 일으켜 기사의 상대를 살피려 할 때였다.

"이 자식!"

트라시아 기사의 호통과 함께 그의 주먹이 크게 휘둘러졌다.

퍼억!

얼핏 보기에도 위맹했던 주먹질인만큼 둔탁하기 이를 데 없는 소리가 울러 퍼졌다. 저 정도의 주먹에 맞았다면 상대가 무사하지 못하리라는 생각이 절로 들 정도였다.

하지만 상대를 후려갈긴 듯 보이는 트라시아 기사의 뒷모습이 이상했다. 어정쩡한 자세로 서서 몸을 바들바들 떨고 있었던 것이다.

그리고는 생각지도 못한 일이 벌어졌다.

기사의 발끝이 땅에서 떨어지는가 싶더니, 허공으로 부웅 떠오른 것이다. 아니, 자의로 날아오른 모양새가 아니었다.

누군가의 괴력에 의해 뒤쪽으로 던져진 것이다.

우당탕탕!

요란한 소리와 함께 뒤로 날아가 나뒹구는 트라시아의 기사.

사람들은 저 정도나 되는 거구가 허공에 떠올랐다 곤두박질치는 기이한 장면에서 시선을 떼지 못했다.

하지만 드리튼과 이시스는 달랐다.

그들이 눈을 떼지 못하는 곳은 트라시아의 기사가 아니라 기사를 던져 버린 당사자였다.

"이시스……."

드리튼이 발음이 흐려진 목소리로 이시스를 불렀다.

"응."

이시스는 눈 한 번 깜빡이지 않고 정면에 시선을 고정한 채로 대답했다.

"지금 내 눈에 보이는 거, 네 눈에도 보이냐?"

드리튼은 왼손을 들어 두 눈을 비비며 물었다.

"너도 샤렌과 똑같이 생긴 남부인이 보인다면 아마 그럴 걸."

"그럼 이번에는 내가 취해서 헛걸 보는 게 아니라는 이야기네?"

"헛걸 보는 것도 공유되냐?"

"그러긴 힘들지."

“그렇지.”

두 사람 모두가 넋이 나간 상태에서 오가는 대화였다. 두 눈을 비벼보고 뚫어져라 쳐다봐도 남부인의 복식을 완벽하게 갖춘 저쪽의 사내는 샤렌과 너무나 똑같이 생겼던 것이다.

게다가 트라시아의 기사를 던져 버린 그가 이쪽을 돌아본다.

그리고 손을 흔들었다.

환하게 웃는다. 예의 하얀 치아를 드러낸 반짝이는 미소다.

이시스는 혹시나 싶어 뒤를 돌아봤다. 구석에 자리했으니 뒤에는 벽뿐이다. 분명 자신들을 향해 흔드는 손이다.

“설마……?”

결국 드리튼이 믿기 힘든 가능성을 입에 담았다.

“샤렌?”

이시스 역시 호응하지 않을 수 없었다.

두 눈에 똑똑히 보이는 현상을 어떻게 부정할 수 있겠는가?

그때 바닥을 내동댕이쳐졌던 트라시아의 기사가 몸을 벌떡 일으켰다. 근육과 갑주로 휘감은 몸이라 어지간한 충격에도 무사한 모양이었다.

기사는 몸을 일으켜 세우자마자 몸을 날렸다. 샤렌과 똑같이 생긴 자를 향해서였다.

“위험……!”

드리튼이 막 경고성을 외칠 때였다.

샤렌이라고밖에 생각할 수 없는 생김새의 사내가 가볍게 한 걸음을 옆으로 옮기며 손을 들어 올렸다.

기사의 멱살을 정확히 틀어쥐는 손.

그 손이 휘둘러지듯 커다란 원을 그렸다.

앞으로 쏘아지던 기사의 신형이 손이 그려내는 궤적을 따라 빙글 돈다.

“으아아아!”

날아오던 기세 그대로 방향을 바꿔 반대쪽으로 던져진 기사.

그의 몸은 프레타의 여명 입구 바깥으로 날아가 버렸다. 속도부터가 이전과는 차원이 달랐으니 이번에는 좀처럼 쉽게 일어나지 못하리라.

거구의 기사를 가볍게 던져 버린 남부인 차림의 사내는 손을 툭툭 털었다.

그리고는 드리튼과 이시스 쪽을 보며 입을 열었다.

“여어, 오랜만이야!”

사내의 놀라운 괴력으로 인해 숙연해진 펍이었기에 그의 목소리는 너무도 선명히 드리튼과 이시스에게 들렸다.

그 목소리를 어찌 잊을 수 있겠는가?

나른한 듯한, 오만한 듯한, 그러면서도 정겨운 친구의 목소리가 아니던가?

"샤렌!"

"살아 있었던 거야?"

드리튼과 이시스가 약속이나 한 듯 가슴속을 치밀어 올라온 말을 토해냈다.

이어 그들 두 사람의 발이 펍의 바닥을 박찼다.

3

드리튼과 이시스가 머물고 있는 방 안은 달뜬 열기로 가득 차 있었다. 죽었다고 믿었던 친구의 생환에 드리튼과 이시스는 그들이 느낄 수 있는 최대의 기쁨을 맛봤고, 그것을 감춤 없이 드러냈기 때문이다.

드리튼은 눈시울을 붉혔고, 이시스는 방방 뛰며 괴성을 질러댔다. 둘 다 가슴 깊은 곳에서 치미는 격한 감정을 어떻게 해서든 토해내기 위한 행동이었다.

샤렌 역시 다시없을 순수한 감정으로 환한 미소를 지었다. 가슴에 구멍이 뚫려 스스로 죽음을 받아들였다가, 미치광이 손에 넘겨져 되도 않는 실험 대상이 되었던 그다. 이렇게 마음 편히 친구들을 다시 볼 수 있는 지금의 상황에 대한 감격은 뛰어난 언변을 자랑하는 샤렌으로서도 표현하기 힘들 정도였다. 그가 할 수 있는 것은 웃고, 또 웃는 것뿐이었다.

그렇게 기뻐하는 시간은 한참이나 계속되었다.

"그나저나 도대체 어떻게 되었던 건지 설명 좀 해봐. 왜 이오나는 네가 죽었다고 우리에게 말한 거야?"

이시스가 물었다.

"그녀로서는 당연히 그렇게 말할 수밖에 없었겠지. 당사자인 나마저도 내가 죽었다고 생각했으니까 말이야."

그렇게 입을 연 샤렌은 자신이 알포네에서 겪은 일을 설명하기 시작했다. 안 그래도 화술이 뛰어난 샤렌이 직접 겪은 신기한 일들을 풀어놓자 드리튼과 이시스는 넋을 잃고 들을 수밖에 없었다. 꽤 긴 시간 동안 이어진 샤렌의 이야기였지만, 드리튼과 이시스는 그런 시간의 흐름조차 느끼지 못했다.

샤렌의 이야기가 끝나자 이시스가 고개를 갸웃거렸다.

"살아서 돌아온 건 좋다만 지금 이 이야기는 너무 비현실적인데? 무슨 신화를 듣는 것도 아니고……."

사지에서 돌아온 친구의 말이니 믿지 않을 수 없는 상황이다.

하지만 말 그대로 받아들이기에는 너무나 허황된 내용인지라 이시스는 이러지도 저러지도 못했다.

"뭐가 비현실적이야? 아까 샤렌이 트라시아의 기사를 한 손으로 던져 버리는 거 못 봤어?"

드리튼은 이시스와 달리 샤렌의 말을 고스란히 믿는 듯했다.

“이 자식 화가 나면 원래 괴력을 발휘하곤 하잖아.”

분노한 샤렌이 믿기 힘든 힘을 발휘하는 것을 간혹 보아온 이시스였다.

“아무리 괴력을 발휘해도 아까 그 정도나 되는 덩치를 한 손으로 날릴 정도는 아니지.”

“뭐… 흠을 잡자는 건 아니지만, 죽었다던 녀석이 한 달여 만에 돌아와서 난 초인입네 하니까 실감이 안 나서 그래.”

드리튼은 이시스의 심정을 이해할 수 있었다. 만약 지금의 이야기가 이와 같은 극적인 선제 조건이 있는 상황에서 들은 게 아니었다면 제아무리 샤렌의 말이라 할지라도 자신 역시 믿기 힘들었을 것이다.

샤렌 역시 두 친구의 황당한 심정을 이해할 수 있었다.

“실감나게 해줄게.”

“응?”

“어떻게?”

태생이 호사가인 드리튼과 이시스다. 최근에야 절친했던 샤렌의 죽음으로 인해 잠잠했다지만, 지금에 있어서는 눈앞에서 벌어질 신기한 일에 대한 호기심을 억누를 필요가 없었다.

“잘 봐!”

샤렌은 미소 속에서 짧게 말한 다음 하온을 운용했다.

그러자 곧 그의 미간 상단에 영시안이 떠올랐다.

"우왓!"

"오오!"

샤렌의 이마에서 빛나는 금색의 눈을 확인한 이시스와 드리튼은 절로 감탄사를 토해냈다.

둘의 놀라움은 거기에서 그치지 않았다. 샤렌의 손끝에서 금빛 줄기가 뻗어 나오는 장면을 보게 된 것이다.

"진짜 멋진데?"

이시스의 탄성과 함께 샤렌의 손끝에서 찬란한 금빛이 사라졌다.

"대단해, 샤렌! 위험한 고비는 넘겼지만 산에 올랐던 보람이 있는 거네."

드리튼이 샤렌의 어깨에 손을 얹으며 말했다. 그는 애초 샤렌이 왜 알포네에 올랐는지 기억하고 있었던 것이다.

샤렌은 가볍게 드리튼에게 고개를 끄덕인 다음 표정을 무겁게 했다.

"그리고 지금까지 한 이야기보다 훨씬 중요한 게 있어."

"응? 무슨 이야기?"

"왜 갑자기 무게를 잡고 그래?"

드리튼과 이시스의 반응을 본 샤렌은 서천의 왕과 그가 추구하는 동천의 업에 대해 설명했다. 앞으로 3년 뒤에 닥쳐올 재난에 관한 이야기를 꺼내 든 것이다.

"그런 엄청난 괴물들이 산에서 몰려오면 우린 어떻게 되는 거야?"

이시스가 당장 울상을 지었다. 조금 전 신비한 능력을 확인까지 한 이상, 샤렌의 말에 추호도 의심을 가질 이유가 없었다.

"그런 엄청난 일에 관련해 우리가 할 수 있는 일이 있을까?"

드리튼은 샤렌의 무거운 표정 속에서 이시스와 약간의 차이를 보이는 질문을 꺼내 들었다. 이시스는 다가올 재앙 속에서 자신들만의 안위를 염려했고, 드리튼은 재앙에 대한 대비책을 궁리한 것이다.

이는 샤렌이 설명하는 동안 그의 어조에서 모종의 의지를 읽어낸 때문이었다. 단순히 정보를 전달하는 게 아니라 미약하지만 샤렌이 책임감을 느끼고 있음을 감지한 것이다. 오랜 세월 함께해 온 친구였기에 가능한 감정의 교류였다.

오랜 시간을 함께해 온 것은 드리튼뿐만이 아니었다. 이시스는 자신의 발언에 무엇이 문제인지 금세 눈치를 챘다. 샤렌과 드리튼의 표정을 살핀 그는 신중한 어조로 말을 꺼내 들었다.

"당장 우리가 무엇을 할 수는 없을 거야. 이런 이야기를 쉽게 믿어줄 사람도 없고 말이야."

이시스가 내린 나름의 결론에 샤렌이 고개를 저었다.

"지금이라도 시도해 볼 방법은 있어."

샤렌의 말에 드리튼이 나섰다.

"이시스의 말도 일리가 있어, 샤렌. 우리야 네가 보여준 신비한 장면 하나로 네 말 전부를 믿지만, 네가 모리엔트에서 겪은 일을 누군가에게 사실로 받아들이게 하는 건 쉬운 일이 아닐 거야."

"당연하지. 게다가 종말론에 가까운 이야기를 누군들 믿고 싶어하겠어."

이시스가 드리튼의 말을 거들었다.

"그래도 방법이 있다니까!"

샤렌은 확신에 찬 표정으로 말했다.

"대체 무슨 방법인데?"

"모리엔트와 서천의 왕에 대해 알고 있는 사람들이 더 있거든. 모리엔트의 이종족이 가진 능력에 대해서도 잘 알고 말이야."

"아!"

"맞다! 너 혼자 알포네에 올랐던 게 아니지?"

그제야 드리튼도, 이시스도 샤렌이 하는 말을 알아들었다.

샤렌은 두 친구가 자신의 말을 알아들었다는 것을 확인한 후 입을 열었다.

"문제는 어떻게 이오나나 검공과 접촉하느냐야. 민간인인 우리가 군영에 들어갈 수는 없으니까 말이지."

"그게 문제긴 하네."

“웅! 사제들과도 헤어진 지금에 있어서는 이오나를 만날 방법을 찾기가 어렵지.”

샤렌의 말에 드리튼과 이시스가 고개를 끄덕였다.

“일단 방법은 좀 더 생각해 보도록 하고……”

샤렌은 양손을 뻗어 심각한 표정의 두 친구 어깨에 손을 얹었다.

“오늘은 간만의 회포를 풀어야 하지 않겠어?”

샤렌의 한마디에 이시스의 얼굴에 언제 심각한 표정이 있었냐는 듯 환한 미소가 떠올랐다.

“죽었다던 녀석이 살아 돌아왔으니 코가 삐뚤어질 때까지 축하주를 마셔야지!”

“하하핫! 오랜만에 셋이 한번 마셔볼까?”

드리튼도 흥에 겨운 표정을 지었다.

샤렌과 이시스는 어깨동무를 하고는 방을 나섰다.

한 걸음 뒤에서 두 친구를 쫓는 드리튼의 표정은 조금 전과는 사뭇 달랐다. 그의 시선은 이시스와 농담을 주고받는 샤렌의 뒷모습에 머물러 있었다.

‘확실히 변했어.’

남방식 옷차림 때문이 아니었다. 샤렌과 헤어지기 전 막연히 느꼈던 불안감을 드리튼은 기억하고 있었다. 그리고 당시 떠올렸던 우려는 현실이 되었다. 그저 친구가 살아 돌아왔기에 마냥 기뻐하는 상황이라 넘어갔지만, 샤렌은 이미 자신들과 다른 세상에 발을 담갔다.

뿐만 아니었다. 예전과 다름없는 표정으로 환히 웃고 있지만 어딘지 모르게 무겁다. 한마디 말에 실리는 힘도 다르게 느껴진다. 죽음의 위기를 경험한 탓인지, 세상을 멸망으로 몰고 갈 비밀을 알고 있기 때문인지는 알 수 없었다.

어쨌거나 같은 표정, 같은 말투에도 무엇인가 미묘하게 지난날과 다르다는 것만큼은 분명했다.

'뭐, 친구로서 네 녀석의 변화가 무슨 사단을 일으킬지 지켜보는 것도 나쁘지 않겠지.'

드리튼은 그렇게 막연하게 생각을 정리해 버렸다. 샤렌에게 거리감을 느끼는 것은 자신뿐. 당사자인 샤렌도, 이시스도 그에 대해 전혀 생각이 없어 보였다.

그렇다면 자신 역시 괜한 우려를 할 이유가 없었던 것이다. 제아무리 많은 변화를 거쳤다 해도 샤렌은 샤렌일 뿐이며, 그가 자신의 친구라는 사실만큼은 변하지 않을 것이니 말이다.

Chapter 9

Rhapsody Of Cardinal

엔살룸에서 가장 좋은 술집을 찾아 한바탕 즐겨보
자던 샤렌, 드리튼, 이시스였다. 각각은 최근 들어 가장 밝은
표정으로 프레타의 여명을 나섰다.

어딜 갈지 의논하는 드리튼, 샤렌과 달리 앞쪽을 바라보던
이시스의 표정이 갑자기 굳었다.

"어?"

사람들을 헤치며 프레타의 여명을 향하는 한 무리의 사내
들을 봤기 때문이다.

"응?"

이시스가 걸음을 멈추고 표정을 굳힌 것을 확인한 샤렌도

시선을 앞으로 돌렸다.

그리고 험상궂은 얼굴로 걸음을 재촉하는 한 남자의 얼굴을 확인했다. 아까 전 자신에게 시비를 걸어 여관 밖으로 던져 버렸던 트라시아의 신출내기 기사였다.

"에? 저길 봐! 가스란이잖아?"

드리튼이 눈을 크게 떴다. 덩치 큰 트라시아 기사의 몸이 옆으로 조금 비켜졌을 때, 뒤를 따르던 가스란이 살짝 보였던 것이다.

여관을 향해 걸음을 재촉하는 자들은 모두 여섯.

모두가 견갑에 세 머리 독수리를 아로새긴 트라시아의 기사들이었다. 개중에는 가스란 외에도 샤렌 등에게 낯설지 않은 얼굴이 포함되어 있었다.

금발에 하얀 피부.

여자들에게 꽤나 인기를 끌었을 것 같은 얼굴.

지난날 샤렌과 드리튼, 이시스가 레비크를 떠날 때 가스란과 함께 만났던 테네시 도란이었다.

그의 견갑에 새겨진 독수리가 쥐고 있는 것은 세 개의 화살.

샤렌이 집어 던졌던 덩치 큰 기사나 가스란과는 수준이 다른 실력자였다.

"웅? 너희는……?"

동료의 뒤를 쫓던 가스란도 샤렌 일행을 알아봤다.

당연히 테네시 역시 샤렌과 그 친구들을 잊었을 리 없었다. 그에게 있어서도 이오나에게 당한 수치는 잊을 수 없는 악몽이었으니까.

이제는 제법 술이 깼는지 가스란의 반응을 감지한 덩치 큰 기사가 물었다.

"에? 가스란, 이놈들을 알아?"

하지만 가스란은 대답보다 급한 일에 치중했다.

이는 테네시도 마찬가지였다.

두 사람은 샤렌과 친구들의 얼굴을 확인하자마자 주변을 두리번거리기 시작했다.

이들이 이오나 네이와 친분이 있으며 그녀와 동행이었다는 사실을 어찌 잊을 수 있겠는가?

일단 청염의 성위가 시야에는 잡히지 않았다.

하지만 아직은 안심할 수 없는 상황.

지난번에도 초반에는 이오나 네이의 모습을 볼 수 없었던 것이다.

가스란이 앞으로 나섰다.

"너희를 엔살룸에서 만날 거라고는 상상도 못했는데?"

곱지 않은 어조였다. 당연한 일이다. 이 세 사람으로 인해 이오나 네이에게 평생을 두고 씻을 수 없는 수모를 당한 가스란이었던 것이다.

그 사정을 잘 아는 드리튼과 이시스의 안색이 새파래졌다.

샤렌이 어쩌다 초인적인 능력을 갖게 되었다지만 트라시아의 기사 여섯이 몰려온 상황이다.

그중에는 화살이 아닌 검을 움켜쥔 세 머리 독수리를 견갑에 새긴 자도 있었다. 그것이 바라카를 운용하는 기사를 상징한다는 것은 드리튼과 이시스도 잘 알고 있었다.

한두 달 사이에 샤렌이 제아무리 대단한 능력을 얻게 되었다 해도 검을 쥔 독수리를 견갑에 새긴 트라시아의 기사를 상대할 정도라고는 생각되지 않았다.

따라서 이오나가 없는 지금은 지난날 가스란에게 준 수모를 톡톡히 돌려받게 되리라는 생각이 둘의 머리를 지배했다.

"뭐… 어쩌다 보니 그렇게 됐어."

드리튼, 이시스와 달리 샤렌은 여유있는 목소리와 태도로 가스란의 말을 받았다. 입가에는 미소까지 그려 넣은 채였다.

그 당당함에 가스란은 살짝 어깨를 움츠렸다. 샤렌이 믿는 바가 있다고 생각할 수밖에 없었고, 그가 믿는 대상이 누구일지 너무도 잘 알고 있었던 것이다.

"못 보는 사이에 취향이 많이 변했군, 샤렌. 그딴 우스꽝스러운 옷을 입고 다니다니 말이야. 네이 경은 그 옷을 보고도 아무 말도 안 하시나?"

피식.

샤렌은 가벼운 웃음을 터뜨렸다. 북부인이 남방의 복식을 차려입는 것은 확실히 흔한 일은 아니다.

하지만 가스란이 동료와의 시비를 가리기에 앞서 복장 이야기를 꺼내 든 건 하나의 구실에 불과했다. 억지로라도 이오나에 관련된 정보를 얻어내고 싶은 것이다.

"글쎄? 아직 이오나는 이런 내 차림새를 보지 못해서 말이야."

"샤렌!"

이시스 역시 가스란이 던진 질문의 의도를 파악하고 있었다. 정황상 이오나가 이곳에 없다는 사실을 알려선 곤란한 상황인 것이다.

이에 이시스는 샤렌이 당연히 기지를 발휘해 가스란이 함부로 행동하지 못하게 할 방법을 찾으리라 생각했다. 샤렌의 배포를 익히 알고 있는 만큼, 근처에 이오나가 있는 척 허장성세를 부리는 것도 어려운 일이 아니라 생각한 것이다.

한데 있는 그대로의 상황을 말해 버리는 샤렌이었다. 모리엔트에서 머리에 충격을 받았거나, 갑자기 강해진 스스로에 대해 지나친 자신감을 가진 거라고밖에 생각할 수 없는 행동이었다.

이시스의 우려는 곧 현실로 드러났다. 가스란이 나직한 코웃음을 흐린 것이다.

"네이 경의 옷자락만 잡고 다닐 줄 알았는데 그렇지 않은가 보지?"

이제는 더 노골적으로 묻고 나서는 가스란이었다.

"바쁘잖아, 이오나는. 성전이 코앞인데 민간인과의 시비에 우르르 몰려다니는 어떤 기사들과는 다르지."

트라시아의 기사들을 향한 샤렌의 노골적인 비난에 이시스의 인상이 와락 찌푸려졌다.

샤렌에게 뭔가 믿는 구석이 있을 거라 막연히 기대하던 드리튼 역시 미간을 찌푸렸다. 상황이 이쯤 되면 샤렌의 기지만으로는 저들을 상대하기에 무리가 있는 셈이었다.

"민간인과의 시비라니? 우리는 남부의 개들에게 빌붙은 북부인이 트라시아의 기사를 암습했다는 보고에 나선 거라고. 그게 너인지는 몰랐지만 말이야, 샤렌."

가스란은 '암습'이라는 단어에 유독 힘을 주어 말했다. 주변에 몰려든 호사가들을 노린 행동이었다. 트라시아의 기사로서 명분을 세워두는 것이다.

'역시 꼬맹이 시절보다는 훨씬 나아졌군, 가스란.'

예전이라면 모욕을 받는 즉시 검을 뽑아 들 가스란임을 샤렌은 잘 알고 있었다. 주변을 의식하고, 명분을 세울 여력이 있다는 것만으로도 가스란은 스스로의 성장을 입증했다. 아마 지난번 이오나와의 경험이 그를 한층 더 노련하게 만들었으리라.

"물론 네가 남부 개들의 암살자라는 생각은 들지 않지만 이미 보고가 올라온 이상 우리와 함께 가줘야겠는데?"

가스란의 말에 샤렌이 즉각적으로 반응했다.

“싫다면?”

샤렌의 한마디에 가스란이 만면에 웃음이 가득 차올랐다. 사실 샤렌이 이같이 나오길 기다렸던 것이다.

당장 이 자리에 이오나가 없다고 해서 마냥 방심할 수는 없는 상황이다. 나중에라도 소식을 전해 들은 이오나가 무슨 짓을 할지 모르기 때문이었다.

하지만 방금 전 샤렌의 한마디로 인해 모든 명분이 완벽히 갖춰졌다. 북부인이 남부인의 복식을 갖춰 입고 트라시아의 기사를 공격했으니 조사를 위한 이유는 충분하다.

거기에 더해 정중한 제안까지 거절했다.

이로써 무력 사용에 대한 명분마저 더해졌다. 트라시아 군의 협조 요청에 샤렌이 거절을 한 셈이기 때문이다.

“지금은 전시에 준하는 상황이야, 샤렌. 난 지금 북부 연합군으로서 네게 명령을 내린 거고, 북부인인 네가 그 명령에 불복한 거야. 이게 무슨 말인지 알겠어?”

누군들 모를 리가 없었다. 질문 아닌 질문을 마친 가스란이 검을 뽑아 들었기 때문이다.

씨익.

가스란이 검을 빼 든 것을 본 샤렌의 입술이 호선을 그려냈다.

“……!”

가스란은 순간 철렁하는 마음이 들었다.

　길을 밝히는 가스등의 조명을 받아 스산한 광채를 흩뿌리는 검을 보고 미소를 짓다니?

　'이 자식이 혹시 날 속인 거?

　샤렌의 혀 놀림이 얼마나 간교한지 누구보다 잘 아는 가스란이었다. 보탄 아카데미 시절 샤렌의 혓바닥으로 인해 가장 많은 손해를 봤기 때문이다.

　가스란은 절로 자신이 속았을지도 모른다는 가정을 떠올렸다. 이오나가 근처에 있는데 샤렌이 제멋대로 혀를 놀렸을 수도 있는 것이다.

　지난번에도 샤렌이 의도적으로 자신의 말을 이끌어 이오나에게 더 호되게 당하지 않았던가?

　순간적으로 당황했지만 가스란은 곧 평정을 찾았다.

　'그녀가 있어도 상관은 없어.'

　샤렌이 남방의 복장을 갖춰 입고, 트라시아의 기사에게 피해를 입혔으니 명분은 분명 자신들에게 있었다. 이오나가 나타난다 해도 샤렌의 신원을 보증해 줄 수 있을 뿐이다. 명분이 이쪽에 있는 만큼 그녀가 자신들을 해코지할 방도는 없다. 이와 같은 결론이 그가 곧바로 당당함을 되찾은 이유였다.

　"전시에 준한다고 해서 군인이 민간인에게 맘대로 명령을 내려도 된다는 소리는 못 들었는데?"

　빙글빙글, 기분 나쁜 미소와 함께 샤렌이 말했다.

　우려했던 바와 달리 이오나에 대한 이야기는 나오지 않았

다. 가스란은 한결 여유를 찾은 상태에서 샤렌의 말을 일축했
다.

"흥! 네가 대트라시아의 기사를 건드리지 않았다면 그런
말이 통했을 수도 있지."

"호오? 대단하신 기사 나리께서 술에 취해 힘없는 민간인
에게 시비를 걸다가 길바닥에 나뒹굴면 아무 명령이나 내려
도 된다는 거야?"

가스란은 내심 웃음을 터뜨렸다. 샤렌이 혀를 놀려대는 이
유가 자신을 속이기 위함이 아니라, 명분을 가져가기 위한 수
작이라 여겼기 때문이다.

하지만 옛날의 자신이 아니었다. 이럴 경우 어떻게 대처해
야 하는지 충분히 알고도 남을 경험을 쌓았다.

"그 내용이야 조사해 보면 알게 되겠지."

가스란에게는 이곳에서 괜한 말을 섞고 있을 필요가 없었
다. 그저 정당한 이유만을 꺼내 들고 샤렌과 두 녀석을 개처
럼 끌고 갈 수 있으면 될 뿐이었다.

"억지를 부리고는 힘으로 끌고 가겠다?"

"힘을 쓴다는 게 꼭 나쁜 건 아니지. 요즘과 같은 시기에는
정당한 폭력이 반드시 필요하다고, 샤렌."

가스란은 마치 나이 어린 꼬마를 타이르듯 말했다.

"그렇군. 정당하다면 폭력을 사용하는 것도 불사해야 하는
거였어."

샤렌은 마치 중요한 교훈을 얻었다는 듯 고개를 끄덕였다.

"훗! 뭐야, 샤렌? 혹시 내게, 아니, 대트라시아의 기사들 앞에서 저항이라도 해보겠다는 거야?"

가스란은 가소롭다는 듯 콧방귀를 꼈다.

"네가 말한 저항이 물리적 힘을 사용하는 거라면… 지금의 나한테는 꼭 필요한 상황이잖아?"

그제야 가스란은 샤렌이 동료를 넘어뜨렸다는 이야기를 들은 게 기억이 났다. 덩치가 크고 힘은 세지만 검술에 있어서는 형편없는 동료다. 거기에 더해 취기까지 잔뜩 올랐다고 했다. 꼭지가 돌면 괴력을 발휘하곤 했던 샤렌이 어찌어찌해 동료를 쓰러뜨렸을 수는 있었을 것이다.

그것만을 믿고 저런 태도를 보인다는 게 황당할 수밖에 없었다. 자기 자신만 해도 덩치만 저 큰 녀석은 열 명이라도 감당할 수 있을뿐더러, 이곳에는 바라카를 운용할 수 있는 기사까지 있었던 것이다. 샤렌의 눈이 뒤집혀 괴력이 아닌 괴력 할아버지를 발휘한다 해도 물리적인 힘으로 이곳을 빠져나간다는 것은 절대 불가능한 일이었다.

"푸하하핫! 네가 네이 경과 잠시 시간을 보내더니 간이 배 밖으로 나왔구나! 어디 힘으로 빠져나갈 수 있다면 빠져나가 보시지!"

"정말?"

정말이냐고 묻는 샤렌의 표정이 더없이 진지했다.

피식.

그 표정에 가스란은 실소를 터뜨리지 않을 수 없었다. 그의 눈에는 샤렌이 어디선가 머리라도 다친 게 아닌가 싶을 정도였다. 가스란의 기억 속에서 샤렌은 적어도 이렇게까지 앞뒤 판단을 하지 못하는 녀석은 아니었던 것이다.

"당연하지! 네가 정말 이곳을 빠져나갈 수만 있다면 오늘의 문제를 다신 꺼내지 않도록 하지. 트라시아 기사의 명예를 걸고 말이야."

기세등등해진 가스란이 울컥하는 심정으로 말을 쏟아냈다. 천지 분간을 못하는 중이라지만 샤렌의 저와 같은 허세를 짓밟아주고 싶은 마음이 들었던 것이다.

"그거 듣던 중 반가운 소리네."

"흥!"

아직도 정신 못 차리고 있는 샤렌에게 콧방귀를 한 번 뀌어준 다음 가스란이 발을 내디뎠다. 그는 적의 가득한 표정으로 낮은 음성을 흘렸다.

"네 녀석이 언제까지 그렇게 웃을 수 있는지 봐주지."

곱게 끝고 갈 마음은 이미 버렸다. 가스란은 적어도 팔다리 중 하나는 분지른 다음 샤렌을 끌고 가기로 마음먹은 것이다.

가스란이 발걸음을 옮겨 자신에게 접근해 오자, 샤렌이 갑자기 호들갑을 떨었다.

"아! 이건 정말 위험한데? 이 녀석은 날 죽일 기세라고!"

여태까지 여유 만만했던 모습과는 완전히 상반된 모습이었다.

또 무슨 수작인가 싶은 가스란이 의혹의 답을 찾는 데는 긴 시간이 필요치 않았다.

휘리리릭!

쐐애애액!

옷자락이 펄럭이는 소리와 함께 날카로운 파공성이 가스란의 귀를 파고들었다.

제아무리 신출내기 기사에 불과하다지만 발군의 재능과 황립 아카데미에서 고된 수업을 받아온 가스란이었다. 무인으로서의 본능이 위험을 경고했다.

그는 앞으로 나아가던 신형을 멈춰 세우고 검을 휘둘렀다.

카앙!

격하게 튀어 오르는 불꽃.

동시에 가스란의 신형이 처음 샤렌을 향해 출발했던 지점으로 돌아갔다.

가스란의 얼굴이 형편없이 구겨졌다.

검의 힐트를 쥔 손이 미세하게 떨리는 중이다.

이는 곧 가스란이 자의로 제자리로 돌아간 게 아니라는 뜻이었다. 갑작스러운 공격을 막아내긴 했지만 상대의 검에 실린 역도를 감당하지 못해 뒤로 튕겨진 것이다.

차앙! 창! 창!

가스란이 공격을 받은 것을 확인한 트라시아의 기사들이 일제히 검을 뽑아 들었다.

견갑에 새겨진 독수리가 검을 쥐고 있는 삼십대 중반의 기사 오독만이 검을 뽑지 않은 채로 날카로운 눈매로 새롭게 등장한 인물을 살폈다.

갑작스레 등장해 가스란의 접근을 막아선 자는 머리부터 발끝까지 검은색 천으로 몸을 휘감고 있었다. 심지어는 눈까지 천으로 가린 채였다. 아마도 눈 부위에는 얇은 천을 대어 안에서는 바깥이 비치도록 되어 있으리라.

하지만 오독이 날카롭게 눈을 빛내는 이유는 복장이 특이함 때문이 아니었다. 복면인은 프레타의 여명 지붕에서 뛰어내림과 동시에 가스란을 튕겨냈다. 그가 내려선 자리에는 먼지 한 톨 일지 않았다. 운신의 능력이 탁월하다는 뜻이다.

뿐만 아니다. 착지와 동시에 가스란을 튕겨낼 정도의 역도가 실린 검을 휘둘렀다. 특히 그가 휘두른 검은 이렇다 할 특징도 찾을 수 없는 단검이다. 가볍고 짧은 검을 휘둘러 단박에 트라시아의 기사를 튕겨냈다는 것이 암시하는 바는 명확했다. 복면인이 바라카나 잉크라를 운용할 수 있다는 뜻이었다.

"넌 누구냐?"

오독이 복면인을 살필 때, 살짝 얼굴이 상기된 가스란이 버럭 소리를 질렀다. 상대의 실력이 자신보다 위에 있음을 알고 있었으나, 트라시아의 기사로서 위축된 모습을 보이고 싶지 않았던 것이다.

무엇보다 이곳에는 바라카를 운용할 수 있는 기사 오독이 함께하고 있다. 상대가 이오나 네이 정도가 아니라면 두려워할 이유가 없었다.

복면인은 가스란의 질문에 대답하지 않았다.

명백한 무시.

그와 같은 태도는 트라시아 기사들의 기분을 더욱 상하게 했다.

"흥! 감히 트라시아 기사의 행사를 방해하다니!"

코웃음과 함께 앞으로 나선 것은 금발의 기사 테네시였다. 나타난 자의 체형은 명백히 남자였다. 방금 전 한 수로 보아 자신이 감당하기에 버거운 상대일지도 모르지만, 일단 이오나 네이가 아닌 것으로 충분했다. 오독을 차치하고서라도 자신들이 수적 우위를 점하고 있기 때문이었다.

"너희 모두를 트라시아의 군영으로 압송하겠다. 다시 한번 저항한다면 그 목숨을 부지하기 힘들 것이다!"

테네시는 검으로 복면인과 샤렌 일행을 겨누며 당당히 외쳤다.

그러자 복면인이 반응을 보였다.

"…할 수 있다면… 해보시지!"

나직하고 느린 음성에는 적의가 엿보였다.

꿈틀.

오독의 눈썹 끝이 하늘을 향해 치켜 올라갔다. 트라시아의 기사들을 상대로 적의를 표출한다는 것은 죽음으로도 부족한 죄였다.

그에 대해 제일 먼저 반응을 보인 것은 오독이었다. 누구보다 트라시아의 기사로서 자긍심이 높았던 것이다.

"이런 건방진!"

낭랑한 호통과 함께 오독의 신형이 앞으로 쏘아졌다.

번쩍.

단지 한 걸음을 내디뎠다 싶었는데 그의 신형은 복면인의 코앞에 이르렀으며, 검집에 꽂혀 있던 검은 어느새 시퍼런 광채를 발하며 복면인의 허리를 갈라가고 있었다.

카앙!

고막을 찢을 듯한 날카로운 고음이 일대에 퍼졌다.

한 수의 교환에 의한 손실은 너무나 빨리, 그리고 명확히 드러났다.

애초 가스란이 튕겨났듯 복면인의 신형이 뒤쪽으로 밀려난 것이다. 장검에 실린 바라카의 위력을 단검으로 막아내기엔 무리가 있었던 것이다.

성난 오독의 기세가 이 정도로 누그러들 리가 없었다.

그가 다시 한 번 신형을 움직여 복면인을 재차 공격하려 할 때였다.

휘리리릭.

하늘에서 들려오는 낯선 소리가 오독의 귀에 감지되었다.

'하나가 아니었어?

카앙.

오독은 날아오는 기세에 체중까지 실은 또 다른 복면인의 공격을 제자리에 서서 막아냈다. 상대의 숫자가 불어난 만큼 기세 싸움에서 밀릴 수 없다는 계산에서였다. 버티는 데만 해도 어금니를 악물어야만 했다. 단검에 실린 역도가 그의 생각을 한참이나 넘어서 있었던 것이다.

적이 하나라면 가뿐하겠지만 둘이면 쉽지 않으리라는 생각이 절로 들었다. 다행인 건 테네시가 함께라는 사실이었다. 적은 바라카나 잉크라를 사용한다. 다른 애송이 기사들은 큰 도움이 될 수 없겠지만, 테네시 정도의 무위라면 큰 도움이 될 수 있을 것이다.

하지만 그와 같은 오독의 안도감은 채 1초도 지속될 수 없었다.

휘리리릭.

휘리리릭.

연이어 옷자락이 바람에 흩날리는 소리가 들리더니 하늘에서 검은 비가 쏟아져 내려왔다.

땅에 내려선 흑의복면인의 숫자는 열셋.

앞서 있던 둘과 더해 총 열다섯 명의 흑의인이 샤렌과 친구들의 주변을 에워쌌다. 그들이 등장한 목적이 무엇인지 분명히 드러나는 장면이었다.

'……!'

오독을 비롯한 트라시아 기사들 전원의 안색이 급격히 어두워졌다. 한눈에도 상황이 역전되었음을 알 수 있었다.

그 순간, 팽팽한 긴장감을 느슨하게 만드는 목소리가 튀어나왔다.

"가스란!"

목소리의 주인공은 복면인들의 호위를 받는 샤렌이었다.

"……?"

"네가 그랬지? 힘을 써서라도 빠져나갈 수만 있다면 더 이상 문제 삼지 않겠다고."

"……."

가스란의 턱 근육이 실룩였다.

하지만 입을 열어 반박할 상황이 아니었다. 자칫 자신을 비롯한 이곳의 기사 전원이 몰살당할 수도 있는 위기였던 것이다.

"이제 내게 그만한 힘이 있는 걸 알았으니 이쯤에서 그만하는 게 어때? 굳이 뻔한 사실을 두고 상호 피를 볼 필요는 없잖아?"

샤렌의 질문에 가스란은 오독을 바라봤다. 자신이 결론을 내릴 문제가 아니었다.

　가스란의 시선이 무엇을 의미하는지 오독은 잘 알았다. 그의 눈에 갈등이 스친다. 지금의 구성원으로는 흑의복면인 열다섯을 상대하는 것은 절대적으로 무리다. 당연히 무력 충돌은 피하는 게 이득이었다.

　하지만 잔뜩 몰려들어 구경 중인 호사가들의 시선을 의식하지 않을 수 없었다. 자칫 트라시아의 기사들이 정체조차 알 수 없는 자들에게 겁을 먹고 물러섰다는 말이 나올 수 있는 상황이었다.

　오독의 갈등은 샤렌 또한 어렵지 않게 짐작할 수 있었다. 샤렌은 일부러 목소리를 살짝 높여 말했다.

　"어차피 저 덩치 큰 기사 양반이 술에 취해 실수한 게 전부인 사건이잖아? 그로 인한 오해는 가스란 네가 와서 내가 누군지 신원을 파악했으니 해결된 거고 말이야. 안 그래?"

　샤렌의 한마디에 오독의 눈이 반짝였다. 적발화안의 청년이 왜 저와 같은 말을 꺼내 들었는지 모를 그가 아니었다.

　"가스란, 자네는 저 청년의 신분에 대해 확실히 알고 있는 건가?"

　"네, 하푼 경. 그는 제 상급 아카데미 동창입니다."

　가스란이라고 해서 자신이 샤렌의 뜻대로 놀아나는 것이 달가울 리 없었다.

　하지만 오독의 질문이 뜻하는 바는 명확했다. 샤렌이 내민 원만한 해결의 카드를 받아들인 것이다. 가스란으로서는 상급자의 의도를 외면할 수 없었다.

"흠, 보탄 상급 아카데미는 트라시아의 명문 중 한곳이지."

오독은 턱을 가볍게 매만지며 가스란의 말을 받았다.

이어 지금의 사단이 벌어지게 된 계기를 만든 덩치 큰 기사에게 말했다.

"메툰, 아무래도 이 모든 일은 오해에서 비롯된 듯싶지 않나? 보탄 아카데미 출신의 트라시아 황민이 자네의 암살을 기도할 리가 없으니 말일세."

평소 눈치가 빠르다 할 수 없는 메툰은 난데없는 오독의 질문에 벙 찐 표정을 지었다.

그러자 메툰의 옆에 서 있던 테네시가 팔꿈치로 그의 옆구리를 찔렀다. 아무리 둔한 메툰이라지만 테네시가 자신의 대답을 재촉하고 있다는 정도는 알 수 있었다.

"아, 네! 그런 것 같습니다."

메툰이 시인하자 테네시가 기다렸다는 듯이 나섰다.

"아무래도 이 친구가 아까는 좀 취했던 것 같군요. 저쪽의 청년은 청염의 성위와 홀라덴의 성위 기사 분들께서도 신원을 보증하셨던 친구입니다. 그러니 전부 오해였던 거지요."

테네시는 언제 복면인을 향해 덤벼들었냐는 듯 안색을 바꿨다. 모든 잘못을 메툰에게 떠넘기고 이 자리를 모면하려는 것이다. 이전 가스란과 이오나 때의 경험이 있었기에 테네시에게는 이 같은 절차가 훨씬 수월했다.

테네시의 발언을 샤렌이 받았다.

"하핫! 그분들이 제 신원을 보증한 것은 아니지요. 그저 우연치 않게 동행을 했던 것뿐이니까요."

샤렌이 사실 관계를 명확히 짚자 테네시는 얼굴을 붉혔다.

그러자 오독이 다시 나섰다.

"홀라덴의 성위 기사들이 신원이 불분명한 자와 동행을 할 리는 없을 것이오. 여하튼 모든 것은 약간의 취기와 오해에서 비롯된 것이니 괜히 일을 크게 벌이지 말고 이쯤에서 정리하게는 좋겠소."

정황상 낯 뜨거운 발언이었다. 이미 강제적인 수단을 동원하기도 했고, 복면으로 얼굴을 가린 자들과의 일행에게 신원이 확실하다는 것도 우스운 일이었다. 그야말로 억지에 억지를 거듭해 체면을 추스를 뿐인 것이다.

하지만 어차피 발단 자체가 메툰이라는 애송이가 술에 취해 벌인 일의 수습일 뿐이었다. 그 정도의 일에 장래가 촉망되는 기사들을 잃는 것은 트라시아 군에 있어서 큰 손실이다. 오독은 그렇게 스스로를 납득시켰다.

"역시 연륜이 있으신 기사님께서는 사리 판별이 명확하시군요. 트라시아의 황군이 황민을 보호하기는커녕 핍박해서는 안 될 일이지요."

샤렌은 부드러운 미소와 함께 말했다. 은연중에 앞서 벌어졌던 일을 지적하고 나서는 것이다.

오독이 듣기에는 불편한 말이었으나, 이미 주도권은 저쪽
에 가 있는 상황이었다.

"신분이 확실하다고는 해도 복장이 그 모양이니 오해의 소
지가 생기지 않소. 여하튼 우리는 바빠서 이만……."

불리한 상황에서 길게 말을 섞어봐야 손해를 보는 건 자신
들이다. 이에 오독은 문제의 제공자가 저쪽인 것만 주지시키
고는 곧바로 물러섰다.

샤렌은 두 눈을 가늘게 뜨며 미소를 지었다.

'역시 나이는 허투루 먹는 게 아니라니까!'

다소 급한 성격으로 보이고 노련한 기미도 없었건만, 잊지
않고 한마디를 던지고 빠지는 오독을 보며 새삼 경험의 중요
성을 느꼈던 것이다.

오독과 테네시가 황망히 몸을 돌려 왔던 길을 돌아가기 시
작했다.

제일 나중까지 남은 것은 가스란이었다. 그는 충혈된 눈으
로 잡아먹을 듯 샤렌을 노려보다가 결국은 참지 못하겠다는
듯 입을 열었다.

"네놈의 운이 언제까지 계속되나 보자, 샤렌!"

"운?"

샤렌이 피식 웃음을 터뜨렸다.

"매번 누군가의 등 뒤에 숨어 그 잘난 혀를 놀릴 수 있다고
여기는 건 아니겠지?"

샤렌이 반응을 보이자 터지듯 말을 쏟아내는 가스란이었
다.
　“후훗! 운이 좋았던 건 너야, 가스란. 이분들이 널 막지 않
았다면 지금처럼 투정을 부리는 것조차 불가능했을 테니 말
이야.”
　말을 마친 샤렌은 순간적으로 자세를 낮췄다.
　동시에 삼합회를 이룬 그의 신체가 자연스레 주먹을 뻗어
냈다. 눈부시게 빠른 그의 움직임은 구경하는 모든 이의 안력
에서 벗어났다.
　그리고…….

Chapter 10

1

콰앙!

요란한 폭발음과 함께 멀찌감치 떨어져 있던 가로수의 굵은 둥치가 먼지로 화해 흩날렸다.

쿠웅!

둥치를 잃은 가로수는 샤렌과 가스란 사이로 쓰러지며 뿌연 먼지를 일으켰다.

샤렌 일행과 트라시아 기사들로 인해 구경꾼들은 멀찌감치 떨어져 있었으니 해를 입은 사람은 없었다. 구경꾼들은 그저 생전 처음 보는 신기한 장면에 눈을 동그랗게 뜨고 입을 크게 벌릴 뿐이었다.

　놀란 것은 구경꾼들뿐이 아니었다. 샤렌이 내지른 주먹에 멀리 떨어진 가로수가 박살나는 것을 본 가스란 또한 두 눈을 휘둥그레 뜨지 않을 수 없었다.

　"어떻게……?"

　샤렌 정도는 손가락 하나로도 농락할 수 있다고 여겨온 가스란이었다.

　하지만 저와 같은 공격이 가로수가 아니라 자신을 향했다면?

　결과는 생각하기조차 싫었다.

　문제는 검술 수업 낙제의 샤렌에게 어떻게 갑자기 저와 같은 능력이 생겼는가 하는 것이었다.

　'설마?'

　순간 가스란은 제트본의 말이 떠올랐다. 그는 샤렌이 신이 내려준 눈을 가졌다며 그가 검술을 익히지 않았다는 사실에 의구심을 품었다.

　하지만 검술을 익히지 않았다는 것은 자신의 주장이었을 뿐 실제는 다를 수도 있었다. 간교한 녀석인만큼 검술이 아닌 강력한 체술을 익히고 시치미를 떼고 있었을 수도 있는 것이다.

　거기에까지 생각이 이르자 앞뒤가 맞아떨어졌다. 제대로 된 무투술을 모르는 샤렌이 어떻게 청염의 성위가 휘두르는 검로를 눈으로 볼 수 있는지 설명이 되는 것이다.

Rhapsody Of Cardival

검술의 천재라 일컬어지는 케이온을 형으로 둔 샤렌이었다. 그에게 탁월한 무재가 있다는 게 억지가 될 수는 없었다.

게다가 샤렌은 분명 이오나를 비롯해 홀라덴의 성위와 함께하고 있었다. 이는 사제의 축원을 통해 그가 바라카를 사용할 수 있으리라는 가정마저 가능케 했다.

결국 저 영악한 놈이 세상의 눈을 속이고 있었다는 이야기였다. 그 얄팍한 농간에 자신 또한 놀아났던 것이고 말이다.

가스란이 어떻게 샤렌이 하온을 몸에 흡수하고, 모리엔트의 이종족에게 하온의 운용법을 배웠으며, 남부 대륙 명가의 무투술을 배웠다고 상상할 수 있겠는가?

"후훗! 이제 내 말이 무슨 뜻인지 알겠지, 가스란? 병영으로 돌아가서 신께, 아니, 이분들에게 감사의 기도를 올리라고. 오늘 네가 무사할 수 있었던 것에 대해 말이야."

가스란의 얼굴이 시뻘겋게 달아올랐다. 지금 당장 샤렌에게 덤벼들지 못하는 자신 때문만은 아니었다. 지금껏 샤렌을 하찮게 여겼던 자신에 대한 부끄러움이 그의 얼굴을 붉게 물들이고 있었다.

'두고 보자, 샤렌! 반드시, 반드시! 오늘의 수모는 되돌려주마!'

가스란은 아무런 대꾸도 없이 어금니를 악문 채 몸을 돌렸다.

몇 걸음을 옮긴 그는 고개를 돌렸다. 우쭐해하는 샤렌의 모습을 각인시켜 두겠다는 의지의 표현이었다. 이 기억이 앞으로 그가 나아가야 할 목표를 향한 채찍질이 되어주리라.

샤렌은 돌아보는 가스란을 향해 손을 흔들었다. 중지를 가운데 두고 세 손가락을 세운 채로…….

샤렌의 손짓이 무엇을 뜻하는지 알고 있는 가스란이었다. 피가 거꾸로 솟는 느낌이 들었다.

하지만 그가 할 수 있는 일은 없었다. 그저 다시 한 번 훗날을 기약하는 게 최선이었던 것이다. 가스란은 그렇게 샤렌에 대한 원한을 가슴에 새기며 한걸음 한걸음을 나아갔다.

한편 가스란과 트라시아의 기사들이 완전히 시야에서 사라진 후에야 자신들이 당면했던 위기에서 벗어났음을 확신한 이시스가 깊은 한숨을 내쉰 뒤 물었다.

"그런데 샤렌, 이분들은 누구셔?"

여관에서 샤렌은 드리튼과 이시스에게 알포네에서 겪은 일만을 설명했다. 산에서 내려와 우연히 브리올렛을 구하고 메르타 가문의 은인 대접을 받고 있다는 사실까지는 말하지 않았던 것이다.

따라서 이시스는 난데없이 등장해 자신들을 보호해 준 흑의복면인들의 정체에 대해 짐작할 여지가 없었다.

"아! 아까 말했잖아. 날 호위해 주시는 분들이야."

"…그러니까 이분들이 왜 널 호위하시는 건데?"

이시스가 복면인들의 눈치를 보며 말했다. 저 기세등등하던 트라시아의 기사들을 단검질 두 번에 물러나게 한 복면인들이다. 아무래도 말을 조심할 수밖에 없었다.

"가면서 설명할게. 사연이 좀 길거든."

샤렌은 회포를 풀고자 하는 원래의 목적에 충실하고자 했다.

그러자 복면인들이 샤렌을 향해 가볍게 목례를 하더니 하늘로 솟구쳤다. 건물의 벽면을 발로 밟아가더니 열다섯 명 모두가 주변 건물의 지붕 위로 모습을 감췄다.

경쾌하고 빠른 움직임에 드리튼과 이시스는 넋을 잃고 구경할 뿐이었다.

"뭐 해? 술 마시러 안 가?"

어느새 한참이나 앞으로 걸어간 샤렌의 외침을 듣고서야 드리튼과 이시스가 움직이기 시작했다.

2

하늘 저편이 훤히 밝아오는 시각.

오슬람의 둥지라는 여관 앞에는 비틀거리며 소리를 질러대는 한 청년과 서로를 마주한 두 청년이 서 있었다.

"4차 가자, 4차!"

샤렌을 만났다는 기쁨에 더해 눈에 거슬리는 가스란을 말 그대로 개 박살 냈다는 흥에 겨웠는지 이시스는 완전히 취해 버리고 말았다.

반면 얼굴이 붉어지긴 했지만 샤렌과 드리튼은 비교적 멀쩡한 모습이었다.

"오늘 저녁에는 바쁘다고?"

드리튼이 아쉬운 표정으로 물었다.

"응. 메르타 가문의 중대사를 돕기로 했거든."

"위험한 일이야?"

헤어져 있는 동안 샤렌이 죽을 고비를 넘긴 탓인지 드리튼의 표정에는 걱정하는 기색이 역력했다.

"말했잖아! 난 이제 거의 불사신이라니까!"

샤렌이 드리튼의 걱정을 덜어주기 위해 큰소리를 쳤다.

"반쪽짜리라며?"

"하하핫!"

샤렌은 한바탕 웃음을 터뜨린 다음 드리튼의 어깨를 치며 말했다.

"걱정하지 마, 드리튼. 무슨 일이 있어도 내일은 너희를 보러 올 테니 말이야."

"알았어. 그동안 이시스랑 이오나와 연락할 방법이 있는지 찾아볼게. 네가 살아 있다는 걸 알면 그녀도 분명 기뻐할 거야."

드리튼은 샤렌의 소식을 전할 때 침통해하던 이오나를 기억했다.

"연락을 하는 방법만 생각해 두고 가급적이면 오늘은 돌아다니지 않는 게 좋겠어."

드리튼은 고개를 끄덕였다. 샤렌이 무엇을 염려하는지 잘 알고 있었던 것이다.

샤렌은 드리튼과 이시스를 남부혈맹의 세력권 내에 있는 여관에 머물게 했다. 앙심을 품은 트라시아의 기사들이 프레타의 여명을 찾아올 것을 걱정한 것이다.

"그럼 난 간다. 잘 자!"

"내일 보자, 샤렌!"

인사를 마친 드리튼은 비틀거리는 이시스를 부축해 여관으로 들어갔다.

샤렌은 드리튼과 이시스가 여관으로 들어가는 모습을 본 후에야 몸을 돌렸다. 그는 다시없을 편안한 표정을 짓고 있었다. 샤렌에게 있어서 드리튼과 이시스는 위안과 안식 그 자체였던 것이다.

둘과의 재회에 대한 기쁨을 곱씹으며 그는 메르타 가문의 임시 숙소로 향했다. 꽤 많은 술을 마셨음에도 조금의 피로도 느껴지지 않는 듯 그의 발걸음은 가볍기만 했다.

3

“조심하십시오, 샤를로엔님.”

연일 계속되는 회의에도 불구하고 막수스는 일부러 숙소로 돌아왔다. 혼천암향의 가주와 만나러 가는 샤렌을 배웅하기 위해서였다.

“정말 저도 따라가면 안 돼요? 멀찌감치 있을게요.”

브리올렛은 막수스의 소매를 붙잡고 졸랐다. 사실 부친이 평소대로 회의장 근처에서 머물렀다면 샤렌의 뒤를 따라나설 생각을 하고 있었던 것이다.

“쓸데없는 소리!”

막수스는 단박에 딸의 말을 잘랐다. 위험도 위험이지만 브리올렛은 아젠투어의 반려에 관한 사실을 전혀 모르고 있는 상황이었다. 막수스로서는 절대 허락할 수 없는 응석인 셈이었다.

막수스의 엄한 표정과 단호한 어조에 브리올렛은 찔끔하는 표정으로 입을 다물었다. 이럴 때는 부친을 건드리지 않는 게 좋다는 것을 경험상 잘 알고 있었다.

그런 브리올렛을 보며 미소를 짓던 샤렌이 입을 열었다.

“그럼 다녀오겠습니다.”

“조심하세요, 샤렌님!”

브리올렛은 못내 아쉬운 표정으로 샤렌을 배웅했다.

샤렌이 임시 숙소를 나서자 검은 그림자들이 움직이기 시작했다. 날렵한 움직임으로 어둠 속에 스며드는 그들은 어제

트라시아의 기사들에게서 샤렌을 보호했던 메르타 가의 전사
들이었다.

원래 그들의 임무는 가주의 호위.

샤렌의 안위를 위해 연 이틀 특별히 동원된 것이다.

"괜찮을까?"

브리올렛은 미간을 찌푸린 채 샤렌의 뒷모습을 바라봤다.
그에게 보통 사람들은 상상할 수조차 없는 특별한 능력이 있
음을 브리올렛은 잘 알고 있었다. 다른 사람에게는 말하지 않
았으나 직탄격의 전설을 부활시킨 샤렌인 것이다.

하지만 혼천암향의 무시무시한 소문들이 브리올렛을 불
안하게 만들었다. 직탄격 한 수와 어설프게 배운 보법만으
로는 만약의 경우에 대비하기 힘들다는 생각이 드는 것이
다.

"걱정하지 마십시오. 십오야화의 능력은 암가의 영자들보
다 못하지 않으니까요."

브리올렛의 옆에 서 있던 구에프가 말했다. 그는 적어도 누
군가를 지키는 데 있어서는 십오야화가 대륙제일이라 확신했
다.

"십오야화를 딸려 보낸 건 애초 만약을 위한 준비일 뿐이
다. 혼천암향의 가주가 정말로 저 젊은이를 노리고 있다면 세
상 어느 곳에서도 안전할 수 없을 테니까. 걱정하지 않아도
돼."

막수스가 숙소에서 멀어지는 샤렌을 보며 말했다.

부친의 말에도 브리올렛의 불안한 표정은 좀처럼 사그라지지 않았다.

4

투잔의 안식처는 엔살룸의 외곽 바깥쪽에 위치했다. 낮에는 순례자들로 인해 인산인해를 이루지만 밤에는 인적을 찾기가 힘든 곳이다. 투잔의 안식처가 묘지이기 때문이다.

구름 낀 하늘에 달빛마저 흐린 오늘 같은 날은 더욱 그랬다. 성자들이 묻혀 있다고는 해도 엔살룸에서 제법 떨어진 거리에 자리 잡은 이곳을 굳이 밤에 찾아올 사람은 없는 것이다.

밤새 소리마저 들리지 않는 적막함만이 가득한 투잔의 안식처.

그 적막을 깨는 건 밤바람에 붉은 머리카락을 휘날리며 걷는 샤렌의 발자국 소리뿐이었다.

그의 뒤를 쫓는 메르타 가의 십오야화는 아무런 기척도 내지 않고 있었다. 길 양쪽의 수풀과 어둠에 몸을 숨긴 그들인 것이다.

샤렌이 입구에 다다르자 어둠 속에서 불쑥 하나의 인영이 튀어나왔다.

어둠에 개의치 않는 시력을 가진 샤렌은 그가 누군지 금세 알아봤다.

호방한 느낌을 자아내는 준수한 외모의 사내.

그는 메르타 가문의 임시 숙소에 잠입했던 혼천암향가의 후계자 키하루였다.

"오시느라 수고 많으셨습니다. 미리 영접하지 못한 점 사죄드립니다."

지나칠 정도로 정중한 키하루의 태도.

'이거야 원…….'

키하루가 마치 황제를 맞이하듯 극진하게 자신을 대하는 터라 샤렌의 호기심은 점점 커졌다. 대체 무슨 이유로 암가 중에서도 막강하기 짝이 없는 힘을 가졌다는 혼천암향가의 후예가 자신에게 이처럼 대하는지 궁금하지 않을 수 없는 것이다.

"가주께서 기다리고 계십니다. 안으로 드시지요."

키하루는 감히 샤렌의 눈을 마주치지도 못하고 허리를 숙인 채 손으로 묘지의 안쪽을 가리켰다.

샤렌은 키하루의 안내에 따랐다.

'너무 깊숙이 들어가지 않았으면 좋겠는데…….'

막수스에게 들었던 설명의 내용이나 키하루의 태도로 미루어 딱히 자신에게 해를 끼칠 것 같지는 않았다.

하지만 세상에는 자신이 상상조차 할 수 없는 일이 비일비

재하다는 사실을 샤렌은 잘 알고 있었다. 암중에 자신을 쫓아온 호위들이 묘지 안까지 쫓아오기란 쉬운 일이 아닐 것이다. 그들의 암행 실력이 뛰어나다지만 투잔의 안식처를 지키고 있는 자들 역시 암행의 대가들이었기 때문이다.

따라서 샤렌은 가급적 호위들과 거리가 가까운 묘지 외곽에 머물렀으면 했던 것이다.

다행히 천막이 세워진 곳은 입구에서 그리 멀지 않았다. 아니, 그것은 샤렌의 착각이었다. 실제로 천막은 눈에 보이는 것보다는 멀리 있었다. 천막의 규모가 워낙 커서 실제보다 가깝게 느껴졌을 뿐이다.

입구를 지키는 자는 없었다. 남부 지방 특유의 화려한 문양으로 장식된 천막은 안쪽의 조명으로 인해 스스로 빛을 내는 듯했다. 레비크에서 살아온 샤렌으로서는 감탄이 나올 만큼 멋지고 이국적인 모습이었다.

"안으로 드시지요."

한 걸음 뒤에서 쫓아오던 키하루가 말했다.

샤렌은 천막의 입구로 향했다.

입구에 드리워졌던 천이 절로 반으로 나뉘어 걷혔다. 천막 안 양쪽에서 천을 걷어 올린 것이다.

천막 내부는 대낮처럼 환했다. 천막의 기둥 역할을 하는 나무들마다 기름을 먹인 횃불이 꽂혀 있었고, 직사각형을 이뤄 놓인 테이블마다 촛불들이 가득했기 때문이다.

커다란 직사각형을 그린 듯 나열된 테이블에는 절로 군침
이 도는 냄새를 풍기는 음식들이 가득했고, 테이블 바깥쪽에
는 남부인들이 둘러앉아 있었다. 어림잡아도 100여 명은 되
어 보이는 숫자였다. 그들은 샤렌이 들어서는 것을 보자마자
일제히 자리에서 일어났다. 정말이지, 황제라도 영접하는 듯
한 분위기였다.

"이쪽으로 오시지요."

키하루가 다시 안내를 했다.

샤렌은 그를 쫓아 직사각형으로 놓인 테이블 바깥쪽을 돌
아 천막의 가장 깊은 곳으로 향했다.

그곳에 놓인 빈자리는 최상석이었다. 혼천암향의 가주가
있어야 할 자리가 비어 있는 것이다.

조금의 위축됨도 보이지 않기 위해 머리끝에서 발끝까지
제어하는 중이던 샤렌이다.

하지만 연속되는 상황에 의아함을 표출하지 않을 수 없었
다. 이들의 저의를 짐작조차 하기 힘들었기 때문이다.

샤렌이 의아해할 때, 빈 좌석의 우측에 서 있던 중년인이
다가섰다.

단정히 빗어 뒤로 넘겨 묶은 머리와 구레나룻, 짙은 눈썹과
각진 턱.

풍성한 옷으로도 감출 수 없는 강인한 체구를 가진 장한은
정중한 자세를 취하고 있음에도 어딘지 모를 위엄이 넘쳐흘

렀다.

샤렌은 그가 혼천암향가의 가주일 거라고 생각했다.

"이분께서 혼천암향가의 26대 하칸투랑 가주이십니다."

키하루가 나서서 하칸투랑을 소개했다.

소개를 받은 하칸투랑은 양 손바닥을 맞대더니 손끝을 이마에 가져다 대고는 허리를 숙였다. 12암가의 예절에 대해 잘 모르는 샤렌이지만 그가 극진한 예를 갖추고 있음은 짐작할 수 있었다.

이어 키하루는 하칸투랑에게 샤렌의 소개를 하는 대신, 하칸투랑의 우측에 서 있는 초로의 남자에 대한 소개를 시작했다.

"이분께서는 월영암향가(月影暗香家)의 25대 고로투 가주이십니다."

초로의 남자 역시 하칸투랑처럼 합장 후, 미간에 손끝을 가져다 대며 허리를 숙였다.

"……!"

연이은 키하루의 소개에 샤렌은 또 한 번 놀라지 않을 수 없었다. 이 자리가 혼천암향가 가주의 초대에서 비롯된 것이라고만 생각했다.

한데 다른 암가의 가주도 함께하고 있었던 것이다. 그것도 암향사가로 칭해지는 12암가 중 막강한 세력을 지닌 가문의 가주가 동석한 것이다.

키하루의 소개는 아직 끝나지 않았다.

"이분께서는 검화암향가(劍花暗香家)의 29대 티아라 가주 이십니다."

면사로 얼굴을 가린 여인이 특유의 방식으로 예의를 갖췄다. 면사 위로 드러난 아름다우면서도 고혹적인 눈이 반달을 그렸다. 그녀가 웃으며 인사를 하고 있는 것이다.

와중에도 본능적으로 여인의 표정을 살피는 샤렌의 귀에 키하루의 소개가 계속 들려왔다.

"이분께서는 미리암향가(迷理暗香家)의 28대 제가스 가주 이십니다."

통통한 볼살을 가진 사람 좋아 보이는 인상의 중년인에 대한 소개였다. 그는 부드러운 미소와 함께 샤렌에게 예의를 갖췄다.

"이분께서는 혈독암향가(血毒暗香家)의 26대 타우콘 가주 이십니다."

앞서 소개를 받은 제가스와 달리 광대가 드러날 정도로 마른 노인이었다. 강퍅한 인상의 노인은 앞선 사람들과 달리 기이한 광채가 흐르는 눈으로 샤렌을 직시하며 예의를 표했다.

"이분은……."

그 후에도 이어진 키하루의 소개는 총 열두 번에 걸쳐 진행되었다.

'뭐야? 남부 대륙 12암가의 가주가 이곳에 다 모인 거야?

　샤렌은 애써 동요하지 않기 위해 노력해야만 했다. 암향사가의 가주만으로도 놀라기에 충분한데, 나머지 여덟 암가의 가주마저도 모두 이 자리에 모여 있었으니 완벽한 계산 착오랄 수 있었다.

　만약 이 자리에서 무슨 일이 생긴다면 신비한 위력을 발휘하는 하온도, 브리올렛에게 며칠간 배운 무투술도, 묘지 밖에서 온 신경을 이곳에 집중하고 있을 십오야화도 아무런 소용이 없을 터였다. 남부 대륙의 밤을 관장하는 지배자 전원이 이곳에 모여 있으니 샤렌이 할 수 있는 저항이란 보름달 아래의 반딧불보다 못할 것이 분명했다.

　등 뒤에서 흐르는 식은땀을 애써 외면하고 있는 샤렌에게 하칸투랑이 강인한 인상과 달리 부드러운 어조로 말했다.

　"일단 자리에 앉으시지요."

　착석을 권한 하칸투랑은 샤렌이 자리에 앉는 것을 보고서야 자신도 의자에 앉았다.

　그와 동시에 나머지 열한 명의 가주도 자리에 앉았고, 직사각형 테이블의 나머지 면에 서 있던 사람들은 그 후에야 자리에 앉았다.

　샤렌은 자리에 앉는 순서만으로도 이들이 자신에게 얼마나 극진한지 짐작할 수 있었다.

　그러나 긴장감을 떨쳐 낼 수는 없었다. 어쨌거나 이들은 남부 대륙의 어린아이들이 밤에 잠을 이루지 못하게 하는 암가의 인물들이었기 때문이다.

"직접 찾아뵙지 못한데다가 이런 곳에 모시게 된 것에 대해 사죄드립니다."

하칸투랑은 사과와 더불어 두 손으로 주전자를 들어 올렸다. 섬세한 세공으로 장식된 황금 주전자의 주둥이에서 달큰한 주향이 피어올랐다.

그는 손수 주전자에 담긴 술을 샤렌의 잔에 따랐다.

"별말씀을……."

달변이며 임기응변에 능한 샤렌이었지만 딱히 다른 말이 떠오르지 않아 뭉뚱그려 대답할 수밖에 없었다. 혼천암향가의 가주가 두 손으로 받들어 자신의 잔을 채우고 있는 마당이니 더욱 그랬다.

"보고를 받은 바에 의하면 아직까지 환생의 자각을 하시진 않은 듯합니다만……?"

"환생의 자각이요?"

샤렌의 반문에 하칸투랑은 싱긋 미소를 지었다.

"역시 그렇군요."

영문 모를 소리에 영문 모를 반응을 보이는 것은 당연한 일.

샤렌은 감추지 않고 하칸투랑의 말을 이해할 수 없다는 표정을 드러냈다.

"자각을 하지 않으신 상태라면 지금의 상황이 몹시 혼란스러우실 텐데 별다른 동요를 보이지 않으시는군요.”

“동요하지 않고 있다면 거짓일 겁니다. 말씀하신 대로 모든 면에서 제가 이해할 수 있는 바가 없으니까요.”

샤렌은 단도직입적으로 치고 나갔다.

“역시! 감히 평가를 하자는 건 아니지만 저희의 기대 이상이십니다.”

하칸투랑은 진심으로 감탄했다는 표정을 지었다. 인간으로 환생한 아젠투어는 잘해봐야 이십대 초반에 불과한 나이임에 틀림없었다.

한데 그는 이해할 수 없다는 표정을 지어 보이긴 했지만, 12암가의 가주들과 100여 명에 달하는 영자들을 앞에 두고 조금의 위축도 보이지 않고 있다.

아젠투어로서의 자각 이전이니 아직은 인간 그대로 봐야 하는 만큼 지금 보여주는 배포와 침착함은 감탄하기에 충분했던 것이다.

그때 강퍅한 인상의 노인 타우콘이 끼어들었다.

“하칸투랑 공, 오랜 열망에 마음이 앞서는 것은 이해하나 아직은 단정 지을 때가 아니지 않소?”

“흠…….”

하칸투랑은 손으로 턱을 매만지며 신음을 흘렸다. 갈등의 기색을 드러내는 동작이었다.

하칸투랑이 미간을 찌푸린 사이, 티아라가 고혹적인 음성으로 말했다.

"감히 저희가 시험을 하겠다는 것은 아니니 부탁을 드려도 되지 않을까요? 어차피 무턱대고 모실 수는 없는 일이니까요."

티아라는 연신 샤렌을 향해 눈웃음을 흘리며 말했다.

결국 하칸투랑이 마지못해 나선다는 식으로 샤렌을 돌아봤다.

"상황이 이러하니 어쩔 수가 없군요. 부디 저희의 무례를 용서하시기 바랍니다."

"무슨 무례를……?"

샤렌의 말이 채 끝나기도 전이었다.

하칸투랑의 전신에서 거대한 기운이 일기 시작했다. 상대를 압도하는 기운이 그의 온몸을 휘도는가 싶더니 잿빛의 흐릿한 불꽃이 되어 타올랐다.

그것은 샤렌의 눈에 선명히 보이기까지 했다.

과거 이오나가 보여주었던 청염의 밝기와는 차원이 달랐으나 그 흉험한 기세만은 모자람이 없어 보였다.

위협적인 기세가 집중되는 곳.

거기에는 샤렌이 있었다.

본능적으로 위기를 감지한 샤렌.

그는 만약의 사태에 대비해 즉각 하온을 운용하기 시작했다.

샤렌의 미간 상단에 곧 영시안이 떠올랐다.

금빛으로 빛나는 선명한 눈.

그 영시안이 나타나자 천막 내부가 뜨겁게 달아올랐다.

"오! 저럴 수가!"

"저, 정말이었어!"

"드디어!"

여기저기서 터져 나오는 탄성 속에서 하칸투랑의 전신에서 뿜어져 나오던 위협적인 기세는 거짓말처럼 사라졌다.

그는 송구스럽기 그지없다는 표정과 함께 다시 한 번 손을 모아 미간에 가져다 댔다.

"감히 아젠투어의 영전에서 무례를 범했으니 그 어떤 처벌이라도 달게 받겠습니다."

'아젠투어? 이게 무슨?'

하칸투랑이 절절한 목소리로 사죄하는 말에 샤렌은 황당하기 짝이 없었다. 그가 고개를 숙인 대상, 그리고 사과를 하는 대상은 분명 자신이었다.

이는 곧 하칸투랑이 자신을 아젠투어로 여긴다는 뜻.

샤렌에게 있어서는 쥐가 고양이를 잡아먹는 것보다 더 황당한 말일 수밖에 없었다.

"저희로서도 어쩔 수 없는 상황이니 아젠투어께서는 부디 하칸투랑 공의 죄를 용서하여 주십시오."

티아라가 재빨리 나서며 하칸투랑을 감쌌다.

“부디 용서를 구합니다!”

“용서해 주옵소서!”

제가스와 타우콘이 티아라에 이어 사죄하나 싶더니 천막의 모든 인원이 이구동성으로 하칸투랑의 용서를 구했다.

어리둥절한 상황 속에서 샤렌은 일단 사태를 수습하기로 했다.

“난 괜찮으니 괘념치 마십시오.”

하칸투랑은 단순히 기세로 위협을 했을 뿐, 실제로 해를 끼친 것은 하나도 없었다. 용서를 하고 말고 할 건덕지가 없는 것이다.

게다가 자신이 혼천암향가의 가주를 용서하지 않으면 무엇을 어쩔 수 있단 말인가?

원하는 정보만 얻고 이곳을 무사히 벗어날 수만 있으면 그게 최선이라고 생각했던 샤렌인 것이다.

“아젠투어의 하해와 같은 너그러우심에 진심으로 감사드립니다.”

하칸투랑은 진심으로 감복했다는 듯 다시 고개를 조아렸다.

“저…….”

샤렌이 입을 열자, 모든 이의 시선이 그에게 집중되었다. 좌중의 인원들은 약속이나 한 듯 조용해졌다. 마치 숨소리라도 내어 샤렌의 말을 방해하면 큰일이 난다는 듯 일치된 반응을 보인 것이다.

"대체 아젠투어는 뭡니까?"

당황스러운 속내를 감추고 아젠투어에 대해 전혀 모르는 척 샤렌은 물었다. 막수스에게 아젠투어의 전설에 대해 들었다는 사실을 이들이 알아서는 곤란했기 때문이다.

하칸투랑을 비롯한 12암가의 인물들에게 있어서 샤렌이 아젠투어에 대해 모르는 것은 당연한 일이었다. 남부인들조차 알지 못하는 신화의 후반부였다. 북부인으로 환생했으니 아젠투어라는 이름조차 낯설리라.

하칸투랑은 굵은 목소리로 차분히 아젠투어에 대해 설명했다. 이미 알고 있는 이야기였으나 샤렌은 생전 처음 듣는 이야기인 척 연기를 했다.

하지만 전부 다 연기인 것만은 아니었다. 말살 정책으로 사라졌던 신화의 후반부를 포함해 상대적으로 온건한 교리를 신앙으로 삼아온 암가였기에 보다 자세한 내용을 들을 수 있었다.

"이야기는 잘 알아들었습니다. 한데 왜 저를 두고 아젠투어라 칭하시는 겁니까?"

하칸투랑은 미소를 지었다. 누구든 갑자기 자신을 신이라 칭하고 떠받드는 상황을 쉽게 받아들일 수는 없는 법이었다.

게다가 신화에는 아젠투어가 환생을 자각하게 되는 계기가 있다고 했다. 자각에 대한 비밀은 하칸투랑을 비롯한 암가의 후손들이 모르는 부분이다. 아젠투어의 반려에 대한 내용은 메르타 가문에서 철저히 비밀에 붙여왔기 때문이다.

결국 지금은 자신들의 상황과 처지를 아젠투어에게 설명하는 방법이 유일한 해결책이었다. 그들에게는 자각 이전의 아젠투어를 보호하고 그 뜻을 받들 의무가 있는 것이다.

"증거를 보여주셨으니까요."

"증거?"

"조금 전 혼돈안을 보여주셨지 않습니까? 혼돈안이야말로 진정한 아젠투어임을 입증하는 결정적 증거입니다."

"……!"

그제야 샤렌은 오해의 시작점을 깨달았다. 하온의 운용으로 인해 나타나는 영시안을 신화 속 아젠투어 환생의 증거로 착각하고 있는 것이다.

이제 모든 의혹이 해소되었다. 왜 혼천암향가의 가주가 자신을 만나길 원했는지, 왜 이들이 자신을 극진히 모시는 건지 알 수 있었다.

"지금으로서는 이해가 되지 않으시는 게 당연한 일입니다. 하지만 머지않아 모든 걸 알게 되실 겁니다."

하칸투랑은 샤렌이 사건의 전후에 대해 결론을 내리는 것을 혼란스러워한다고 받아들인 모양이었다.

상대가 이렇게 나오자 샤렌은 오해를 풀기 위한 어떤 시도조차 할 수 없었다. 자신이 뭐라 하든 혼돈안을 확인한 이들의 생각이 바뀔 리가 없는 것이다. 아무리 아니라 해도 자각 이전의 아젠투어로서만 여길 게 분명했기 때문이다.

'흠, 어쩌면 당분간 모른 척하는 게 나쁘지 않을지도…….'

최소한 열두 개 암가가 자신을 떠받드는 동안 브리올렛은 안전할 수 있을 것이다.

거기에 더해 이들이 가진 힘이 모리엔트가 잉태하고 있는 재앙을 최소화시키는 데 유용하게 사용될지도 모를 일이었다.

'내 인생 최대의 도박인 건가?

샤렌은 지금 남부 대륙의 밤을 지배하는 12암가를 상대로 사기극을 벌이겠다는 무모하기 짝이 없는 결론을 내리는 중이었다.

종국에 가서 자신이 아젠투어의 환생이 아니라는 게 밝혀진다면 결코 무사하지 못하리라.

하지만 달리 선택의 여지가 없는 상황이다. 피할 수 없는 물살에 휩쓸렸으니 이 물살을 타고 보다 빨리 목적지에 도착할 방도를 찾는 게 최선일 수도 있다.

마음을 굳힌 샤렌의 두뇌가 맹렬히 회전하기 시작했다. 앞으로를 위해 미리 생각해 둬야 할 게 산더미 같았다. 붉은 광채를 흩뿌리는 샤렌의 화안은 앞으로 닥쳐올 여러 가지 일을 선명히 떠올려 살피고 있었다.

Chapter 11

1

　　메르타 가문의 임시 숙소로 돌아가는 내내 샤렌의 얼굴은 무거웠다. 보는 사람이 없기에 표정 관리를 하지 않는 것이 아니라 지나칠 정도로 커질 일의 무게가 얼굴에 드러나는 것이었다.

　　초반에 저들의 착각을 이용해 브리올렛의 안전을 도모하고 모리엔트의 이종족이 산하로 내려올 때를 대비하기 위해 여러모로 쓸모를 찾아보려 했던 샤렌이다. 저들이 자신을 신의 환생이라 착각하는 동안은 물심양면으로 지원을 받을 수 있다고 생각한 것이다.

　　하지만 그와 같은 계산은 종교에 대한 무지에서 비롯된 것

264
265

이었다. 어린 시절부터 신을 부정하며 자라온 샤렌이었기에 12암가 가주들의 신앙을 과소평가하고 말았다.

기득권을 64명가에 빼앗겼다고는 해도 12암가의 가주들은 밤을 지배하는 권력자들이다. 소외된 계층 속에서 또 다른 기득권을 영위하고 있는 것이다.

따라서 신앙을 통해 내부적 단결을 도모하고, 아젠투어의 환생이라는 종교적 증거를 빌미로 남부 대륙의 판세에 영향을 끼치려 들리라 생각했다. 당연히 이 모든 것은 자신들의 권력과 부를 늘이기 위함일 것이라 여겼다. 12암가의 가주로서 누려온 달콤한 권력과 부의 향유를 포기할 수 없다고 생각한 것이다.

이에 샤렌은 이들이 도모하는 바가 진행되는 동안, 나름의 실속을 챙기기 위한 계획을 염두에 뒀었다. 가장 먼저 떠올린 것은 이들이 지배하는 어둠의 세계를 통한 소문이었다.

온갖 허황된 소문이 가장 쉽게, 그리고 빠르게 퍼지는 곳이 바로 어둠의 세계다. 신뢰도에 있어서는 부족함이 많겠지만 누군가에게는 심각하게 받아들여질 수도 있으며, 보다 많은 사람들에게 경각심을 고취시킬 가능성도 없지 않았다.

그 외에도 암가의 힘을 빌릴 수 있는 일은 많았다. 지금껏 자신이 접하지 못한 정보를 취할 수도 있으며, 어느 정도까지는 암가가 가진 무력의 지원까지도 바라볼 수 있었다.

하지만 이런 샤렌의 막연한 예측은 뿌리부터 뒤엎어야만

했다. 열두 명의 가주가 품어온 신앙이 완벽하게 샤렌의 사고 범위 밖에 있었기 때문이다.

신앙 앞에서 그들은 모든 것을 벗었다. 모진 박해와 탄압 속에서도 꿋꿋하게 지켜온 자신과 피와 눈물로 닦아온 기반 자체를 던져 버렸다.

샤렌으로 인해 시작될 새로운 세상.

오직 그 하나에 과거도, 현재도, 미래까지도 내맡긴 것이다.

12암가의 가주들은 스스로 아젠투어의 종(從)이라 자처하고 나섰다.

자신들이 소유한, 아니, 자신들 자체를 샤렌에게 위임한 것이다.

졸지에 샤렌이 남부 대륙의 밤을 지배하는 무소불위의 권한을 갖게 된 것이다.

'젠장! 어떻게 신화만을 믿고 생판 처음 보는 애송이에게 그렇게 막무가내일 수가 있냐고!'

샤렌으로서는 받아들일 수도, 이해할 수도 없는 상황이었다. 신앙에 대해 무지했기에, 남부 대륙의 역사에 대해 모르기에 벌어진 일이었다.

문제는 이 모든 게 사기 아닌 사기에서 비롯된 것이라는 데 있었다. 자신이 아젠투어의 환생 따위가 아님을 샤렌 스스로가 잘 알고 있는 것이다.

사실이 드러날 경우, 변명의 여지는 분명 존재한다. 자신이 아젠투어의 환생을 주장한 게 아니기 때문이다.

하지만 변명이 통하기엔 사태가 걷잡을 수 없이 커졌다. 남부 대륙의 지배자 열두 명이 종을 자처하고 모시던 자가 가짜라는 사실이 드러날 때를 생각하지 않을 수 없었다. 저들이 모든 게 오해였다고 웃으며 물러날 리가 없는 것이다.

'본의는 아니라지만 어쩌면 남부 대륙 역사상 두 번째 가는 규모의 사기극을 벌이고 있는 걸지도……'

첫 번째는 제 스스로 아젠투어를 사칭했던 자의 사기일 것이다. 그로 인해 남부 대륙의 세력 판도가 뒤바뀌었으니까.

하여튼 이번 일이 오해이든 그렇지 않든 지난날 저항군인 척했던 것과는 차원이 다른 일대의 사건임은 틀림없었다.

'일단은 어떻게 해서든 3년만 버티면 되겠지.'

늦어도 3년 뒤에는 모리엔트의 이종족이 산하로 밀려 내려올 터였다.

12암가에서 아젠투어의 증거라 믿는 혼돈안은 본래 제천 후예들의 것.

그들의 영시안을 보게 되면 12암가는 스스로 무엇을 착각했는지 알게 될 것이다.

하지만 그때는 대재앙의 상황.

자신에 대한 오해로 기인한 문제의 해결보다는 스스로의 생존에 주력할 수밖에 없을 게 분명했다.

Rhapsody Of Cardinal

적어도 빠져나갈 구멍이라고는 찾으려야 찾을 수도 없는 지금과는 다른 상황일 터.

아직 절망에 빠져들기에는 이르다고 샤렌은 스스로를 다독였다.

'그나저나 왜 혼돈안, 아니, 영시안이 아젠투어 환생의 증거가 된 거지?'

순간적인 의문에 샤렌은 나름의 결론을 내릴 수 있었다.

진짜 신들의 세계가 어떤지, 그들의 섭리가 무엇인지 믿는 자로서는 알기 힘들 것이다.

북부에서는 유일신으로 모셔지는 아우티카가 남부에서는 수많은 신 중 하나일 뿐이고, 모리엔트에서는 하급 신에 불과하다. 누군가는 분명 잘못된 교리를 믿고 있다는 뜻이다. 남부 대륙의 신화가 의도적으로 조작된 것처럼 유구한 세월 속에서 조금씩 바뀐 교리가 이와 같은 결과를 낳았을 가능성이 컸다. 종교 역시 기득권자를 위한 도구로 사용되는 것은 낯선 일이 아닌 것이다.

종교의 교리에 대한 가변성을 충분히 수긍한다면 아젠투어의 전설에 대한 짐작도 가능했다. 고룡 아르고스는 세상의 조화를 위해 모리엔트에 결계를 쳤다고 했다.

다시 말해 과거에는 제천의 후예들이 산하에서도 활개를 쳤다는 뜻.

당시의 인간들 중에 사대성위와 같은 절대의 강자가 없었다면 초월적 능력을 가진 제천의 후예들은 공포 그 자체였을 터다. 그들이 당시의 인간들에게 신의 화신이라 여겨지는 것도 불가능한 일이 아니었다.

아르고스에 의해 결계가 생기고 서천과 동천이 구분된 다음에도 많은 수의 인간들은 이마에 눈을 떠올린 채 자신들을 공포로 몰아넣던 제천의 후예들을 기억했을 것이다. 그 기억들에 과장이 더해지고 신성이 부여되면 하나의 신화로 재탄생할 수도 있는 것이다.

먼 훗날, 지금의 사대성위가 세키나 교를 수호하는 천사로 추앙받지 않는다고 누가 장담할 수 있겠는가?

이와 같은 사고는 기본적으로 샤렌이 신앙에 대한 큰 불신을 갖고 있기에 가능한 것이었다. 자신의 믿음에 모든 것을 내던진 12암가나 유일신 아우티카를 통해 아이몬탄을 이루려는 자들에게 있어서 샤렌의 추측은 불경 그 자체일 터였다. 기본적으로 대륙의 모든 종교는 자의적 해석과 의심 자체를 금하고 있기 때문이다.

그렇게 종교에 대한 생각을 정리하는 동안 샤렌은 메르타 가문의 임시 숙소에 도착했다. 그를 호위하던 십오야화 중 하나가 미리 보고를 했는지 막수스와 브리올렛이 입구에 나와 있었다.

"샤렌님!"

브리올렛은 환한 미소와 함께 쪼르르 달려나왔다. 부친의 눈을 의식하지 않았다면 당장 뛰어올라 샤렌의 목에 매달렸을 것이다.

"고생하셨습니다."

막수스는 정중히 샤렌의 노고에 감사했다. 기본적으로 자신의 딸을 위해 위험을 감수한 샤렌인 것이다.

"자, 일단 안으로 드시지요. 따뜻한 차를 준비하라 일렀습니다."

"네."

막수스는 샤렌을 안으로 안내했다.

'오늘은 여기저기서 극진히 대접을 받는 날인가 보군.'

12암가의 가주들에 이어 명가인 메르타 가의 가주에게조차 정중한 대접을 받는 샤렌이었던 것이다.

2

"그래서?"

이시스가 바짝 마른 입술을 혀로 적시며 샤렌의 다음 말을 기다렸다. 샤렌이 남부 대륙을 발칵 뒤집어엎을 사기극에 휘말렸다는 이야기를 들은 다음이기에 조바심이 일지 않을 수 없었다.

"메르타 가의 가주님에게 말을 지어냈지. 갑자기 그분께 저들이 날 아젠투어라 여기고 있고, 날 자신들의 수장으로 추대했다고 말할 수는 없잖아? 그래서 거짓말을 했는데 워낙 정치적인 성향이 강한 분이라 쉽지 않았어.”

“아무리 너와 계약을 맺었다 해도 그 정도 위치에 있는 사람이라면 작은 실수도 캐치할 수 있겠지.”

드리튼이 맥락을 제대로 짚었다. 제아무리 샤렌에게 딸을 맡기고 계약의 대가를 치렀다지만 막수스가 처한 상황상 무조건적인 신뢰란 있을 수 없는 일이었다.

“그래서 마법에 관한 이야기를 꺼내 들었어.”

“마법?”

“내가 브리올렛님을 구해낼 때 사용한 힘을 암가에서는 온건한 마법으로 착각했다고 했지.”

“하긴, 어차피 순정의 하온에서 비롯된 능력이니 그럴듯하게 들리겠네.”

이시스가 샤렌의 말에 맞장구를 쳤다.

“응. 쉽게 수긍하시더군. 정보의 흐름이 특성상 어둠에서 가속이 붙기 마련이라나? 혼천이라면 메르타 가문보다 더 빨리 내가 크샤트린 출신이라는 걸 알아낼 수도 있었을 거래.”

“그런데 네가 마법을 익혔다고 착각하는 거랑 암가에서 널 보자는 거랑 무슨 상관인데?”

“지난번에 베이 공작과 홀라덴의 대주교가 만났던 것을 응용한 거지.”

“에?”

이시스는 미간을 찌푸리며 고개를 갸웃거렸다.

“마법을 복원한 건 저항군이잖아. 그러니 저들이 날 저항군의 일원으로 여겼다고 말씀드린 거야.”

“흐음?”

이시스는 팔짱을 끼며 콧소리를 냈다. 여전히 샤렌의 말을 이해할 수 없었던 것이다.

“암가에서 저항군과 협력을 제안했다는 거군.”

역시 둔해 보이는 드리튼 쪽이 이시스보다 눈치가 빨랐다.

“맞아. 성전을 계기로 암가와 저항군이 동맹을 맺자는 거지. 암가는 마법이라는 힘을 얻게 되고, 에슬란은 초강대국인 트라시아에서의 독립에 도움을 받게 되는 거지.”

샤렌이 웃으며 대답했다.

“거짓말의 스케일이 너무 큰 거 아냐?”

이시스가 감탄의 감정을 드러내며 말했다.

반면 드리튼은 걱정스러운 표정이었다.

“메르타 가의 가주가 엄청 날카로운 사람이라면서? 그런 허황된 말을 지어내는 데도 믿어줬다는 거야?”

“어려웠지. 통찰력이 뛰어난 분이라 여태껏 거짓말을 해온 중에 가장 완벽을 기할 수밖에 없었어. 확신에 찬 표정을 지어 말을 하고 나서 자연스럽게 시선을 피해내는 게 역시 쉽지 않더군.”

“에? 시선을 피해? 그건 내 말이 거짓말이요 하고 드러내는 거잖아?”

이시스가 눈을 동그랗게 떴다.

“타이밍의 차이야.”

“타이밍?”

“눈동자가 흔들리거나 시선을 외면하는 건 거짓말을 하기 직전이야. 사실 거짓말을 하고 나서는 대부분은 상대를 직시하기 마련이야.”

“에? 거짓말을 하는데 오히려 상대를 똑바로 본다고?”

이시스는 납득이 안 간다는 듯 말했다.

“응! 대부분의 사람들은 자신의 거짓말을 상대가 믿는지 아닌지 확인할 수밖에 없거든. 그래서 자기도 모르게 상대방의 반응을 살피게 되는 거지.”

“아하! 그럴 수도 있겠네.”

“일반적인 경우라면 거짓말을 하는 사람들은 시선을 피한다는 생각을 갖고 있으니 눈을 맞춰주는 게 좋았을 거야. 하지만 막수스 공은 노련하기 짝이 없거든. 이 경우는 오히려 자연스레 시선을 돌려 버리는 게 오히려 신뢰를 더할 수 있는 거지. 날 믿게 하기 위한 노력 자체를 버림으로써 감추는 것도, 속이는 것도 없다는 걸 드러낸 거야.”

샤렌의 설명에 이시스는 재밌는 정보를 알았다는 듯한 표정을 지었다.

"너 이제는 완전히 사기꾼 다 됐구나."

이시스가 샤렌에게 농담 반, 감탄 반으로 말하는 동안, 드리튼은 다른 생각을 하고 있었다.

'역시 달라. 지난번 저항군들한테 거짓말을 하고 난 후에도 자신이 사람들의 마음을 쉽게 움직일 수 있는 데 대한 자각이 없는 녀석이었는데……. 이제는 스스로 무엇을 할 수 있는지 확실히 깨달은 걸까?

탁월한 관찰력과 순간적인 판단력이 뛰어난 샤렌이었다.

하지만 그와 같은 능력이 발휘되는 상황은 꽤나 제한적이었다. 위기의 상황이거나 능력을 발휘해야 할 대상이 여자일 때, 혹은 어린 시절의 기억 등에 의해 완벽히 몰입하는 경우에만 샤렌이 특별한 능력을 발휘했던 것이다.

그런데 지금은 조금 달라 보였다. 스스로 원하는 바가 있어 자신이 가진 재원을 활용한 것으로 보였다. 그 사실이 샤렌이 말려들어 버린 엄청난 사건들보다 드리튼의 관심을 더 끌었다.

어쩌면 이런 자신도 변한 것인지 모르는 일이었다. 예전이라면 샤렌이 암가와 오해가 생기고, 남부 대륙의 일부를 지배하는 권력자를 속였다는 것에 더 신경을 썼을 것이다.

하지만 앞서 저항군과 일을 겪고 무난하게 해결했던 경험이 있어선지 당시처럼 크게 걱정이 되질 않았다. 샤렌이라면 어떻게 해서든 잘 마무리할 수 있다는 믿음도 있지만, 큰 경험을 통해 스스로도 담대해졌던 것이다.

'나도 이 정도인데… 죽었다 살아난 만큼 녀석은 더 많은 변화가 있겠지.'

이시스 역시도 변했다. 샤렌이 엄청나다고밖에 할 수 없는 일을 전했음에도 호들갑 중에 농담을 섞는다. 소심한 성격을 고려하면 큰 변화가 아닐 수 없었다.

"내가 의도한 것도 아닌데 어떻게 사기가 될 수 있냐? 나도 어쩔 수 없었던 거라고."

"그 말 자체를 믿을 수가 없다고. 네놈이 어떤 수작으로 우리 생각을 조종할지 어떻게 아나?"

"내가 너희한테 그런 짓을 할 리가 있냐?"

"그러다 걸리면 죽어!"

이시스가 주먹을 흔들어 보였다. 저 멀리 떨어진 가로수를 박살 내는 샤렌을 본 이시스였다. 그럼에도 저와 같은 말을 한다는 건 예전의 샤렌 그대로로 생각한다는 뜻이었다.

드리튼은 그와 같은 이시스의 태평함이 부럽기도 했고, 자신이 샤렌의 변화에 지나치게 민감하다는 생각도 했다. 계속해 샤렌은 샤렌일 뿐이라 스스로에게 되뇌면서도 자꾸만 멀어져 가는 것만 같은 샤렌을 계속 의식하게 되는 것이다.

'이 경우만큼은 내가 이시스를 따라야겠군.'

친구를 친구로 대하는 것만큼 자연스러운 일은 없다. 이성

적인 사고보다 가슴에 담은 감정이 무조건 우선해야 할 대상
은 셋이다.

가족, 연인, 그리고 친구.

드리튼은 다시 한 번 마음을 다잡았다.

"그나저나 이건 걸리지만 않는다면 엄청난 행운으로 볼 수
도 있는 거 아냐? 달리 말하자면 샤렌이 남부 대륙에서는 밤
의 황제라는 뜻이잖아! 12암가의 힘이 하나로 합쳐진다면 하
나의 왕국에 못지않다면서? 완전히 출세한 거잖아, 너!"

이시스가 이제야 생각이 났다는 듯 호들갑을 떨었다.

"저들이 충성을 말하긴 했지만 실제로 내게 얼마만큼의 권
한을 줄지는 아직 모르는 일이야."

샤렌의 표정은 차분하기만 했다. 헛된 기대 따위는 엿보이
지 않는 얼굴이었다.

"어쨌거나 이전과는 비할 바 없는 중요한 인물이 된 건 사
실이잖아. 그럼 동천의 업인지 뭔지 하는 일에 대비할 때 도
움이 되지 않겠어?"

"그럴 수 있도록 노력해 봐야겠지."

"참! 동천의 업 말이 나와서 그런데, 이오나를 만날 수 있는
방법이 떠올랐어."

여태 침묵하고 있던 드리튼이 입을 열었다.

"그게 뭔데?"

"그런데 아무래도 네가 탐탁지 않게 생각할 거 같아

서……."

드리튼은 걱정스러운 표정으로 말끝을 흐렸다.

"일단 얘기해 봐."

"황제가 엔살룸에 온대."

"그런데?"

"각 지역의 특무대원들 중 상당수도 전선으로 배치되나 봐. 그중에는 케이온 형님도 있는 거 같아."

샤렌이 미간에 흐릿한 주름이 잡혔다. 드리튼이 무슨 말을 하는 건지 쉽게 짐작할 수 있었다. 이오나 네이를 만나는 데 형의 힘을 빌리자는 것이었다.

"사실 너희 집에 네가 알포네에 올랐다는 전갈을 보냈거든. 아마도 케이온 형님도 그 소식을 전해 들었을 거고. 네가 살아 있다는 걸 알게 되면 분명 기뻐하실 거라는 생각에 잠깐 떠올렸던 방법이야. 좀 더 생각해 보면 다른 방법이 나오겠지."

드리튼은 재빨리 말을 돌렸다. 아무래도 샤렌이 케이온 형님의 도움을 청하리라고는 생각할 수 없었기 때문이다.

"아니! 좋은 생각 같아."

"응?"

"에?"

샤렌의 말에 이시스와 드리튼이 동시에 눈을 크게 떴다. 샤렌의 입에서 나온 말인지 의심스럽다는 표정이었다.

Rhapsody Of Cardinal

“형이라면 분명 방법을 찾을 수 있을 거야. 사안이 사안인 만큼 감정에 얽매일 수는 없잖아?”

“허……”

이시스는 기가 막힌 듯 헛숨을 토해냈다. 그에게는 샤렌이 암가의 수장으로 추대되고, 하온을 이용해 초인적인 능력을 발휘하는 것보다 이쪽이 더 충격인 모양이었다.

드리튼은 이시스가 어쩌면 이제야 샤렌의 변화에 대해 체감하고 있는 것일지도 모른다고 생각했다.

“이오나를 통해 이 사실을 검공에게 전하면 효과가 있을 거야. 아무것도 모르는 내가 암가의 힘을 빌려 무엇인가를 하는 것보다는 그쪽이 훨씬 나을 테니까 말이야.”

샤렌은 두 눈에 빛을 담아 결론을 내렸다.

“그럼 이오나 문제는 됐고, 암가를 통해 내가 뭘 할 수 있는지 한번 차분히 생각해 봐야겠네.”

“일단은 암가에 대해 좀 더 파악해 보는 게 좋지 않을까? 그들에 대해 뭘 알아야 하는 게 우선이잖아.”

“그렇군. 좋은 지적이야, 드리튼.”

“사실 아무리 종교적인 신앙 때문이라 해도 자신들의 모든 것을 선뜻 네게 바친다는 건 쉬운 일이 아니잖아? 개중에는 미련을 가진 자도 있을걸?”

“호오! 너도 제법인데, 이시스?”

드리튼이 웃음을 지었다.

"어쭈? 이 미련 곰탱이가 지금껏 날 무시했었다는 거야?"

"하하핫! 그럴 리가!"

이시스가 인상을 찌푸리자 드리튼이 손사래를 쳤다.

"확실히 그럴 가능성을 배재해선 안 되겠지. 일단 가주들의 성향이나 나에 대한 정서부터 파악해 두는 게 좋겠다."

"대놓고 직접 물어볼 수는 없는 일이잖아?"

자신의 의견인지라 관심이 가는지 이시스는 드리튼에게서 시선을 거둬 샤렌 쪽으로 돌리며 물었다.

"방법이 있을 거 같아."

"무슨 방법?"

"내가 제일 자신있어하는 방법을 사용하는 게 제일 좋은 효과를 내지 않겠어?"

이시스의 질문에 샤렌은 시선을 허공으로 돌리며 미소를 지었다. 그의 두 눈은 회담 장소에서 면사로 얼굴을 가렸던 여인을 떠올리고 있었다.

그의 표정만으로도 이시스와 드리튼은 대답을 들은 것과 다름없다고 생각했다.

그리고 반드시 샤렌이 자신들이 생각했던 것보다 많은 정보를 얻으리라는 생각도 동시에 들었다. 적어도 이 방면에 있어서만큼은 의심할 여지가 없는 샤렌인 것이다.

3

"샤렌님의 친구 분들을 만나 뵙게 되어 정말 반가워요."

브리올렛이 예의 그 깜찍한 표정으로 이시스와 드리튼에게 인사를 건넸다. 천방지축에 가까운 브리올렛이 손님을 맞을 때면 저렇게 변하는 게 앙큼하달 수 있었으나 샤렌의 눈에는 그저 귀엽게만 보였다. 이오나에 이어 두 번째로 자신의 손으로 구해낸 아이여서 그렇다고 샤렌은 생각했다.

"이야기는 들었지만 이렇게나 아름다운 분이신 줄 몰랐습니다."

이시스가 선이 고운 얼굴에 화사한 웃음을 피어 올리며 브리올렛을 칭찬했다.

"쳇! 절 어떻게 말씀하신 거예요?"

브리올렛이 샤렌을 옆으로 쏘아보며 물었다.

하지만 이시스의 칭찬 때문인지 입매에는 미소가 걸려 있었다.

"그냥 꼬마 숙녀 분이라고만……."

"이렇게 훌륭한 레이디께 그게 무슨 실례야, 샤렌?"

이번에 나선 것은 드리튼이었다. 오랜만에 여인을 두고 주고받는 대화에 절로 흥이 난 것이다.

"호호, 두 분은 준수할뿐더러 안목도 높으시군요. 어떤 분하고는 달리 말이죠."

브리올렛은 앙증맞은 웃음과 함께 제 얼굴에 금칠을 했다.

그래선지 잘난 척을 한다기보다는 애교를 부리는 것으로 보여 더 귀여운 느낌을 자아냈다.

"하하핫! 원래 샤렌보다는 저희의 안목이 더 뛰어나지요."

탄력을 받은 이시스도 제 얼굴에 금칠을 하고 나섰다.

브리올렛은 그의 농담을 농담 그대로 받아들였다. 은인인 샤렌의 친구들인 만큼 허물없이 그들을 대하는 것이다.

"두 분을 위해서 다시 한 번 파티를 열어야겠어요."

"오! 정말 감사합니다."

"꽤 오랜만에 파티를 즐겨보겠군요."

브리올렛의 제안에 이시스와 드리튼이 반색을 표했다. 사실 레비크를 떠난 이후, 제대로 즐겨본 적이 없는 두 사람이었다. 놀기 좋아하는 천성은 쉽게 버릴 수가 없는 터라 자신들의 처지는 저 멀리 미뤄두고 파티에 욕심을 내는 것이다.

샤렌은 내심 한숨을 쉬었지만 일부러 나서지는 않았다. 자신의 소식을 듣고 그들이 얼마나 슬퍼했는지 잘 알고 있었다. 파티를 통해 둘에게 위안이 된다면 그 또한 나쁘지 않다고 생각한 것이다.

"호호! 역시 낭만을 아시는 분들이시네요."

"헤헤!"

"하하하!"

브리올렛의 말에 이시스와 드리튼이 밝게 웃었다. 두 사람

역시 밝고 깜찍한 브리올렛이 마음에 들었던 것이다.

"일단 오늘은 저희끼리 조촐한 파티를 하도록 해요. 약간의 음식과 술을 준비해 뒀으니까요."

브리올렛은 식당 쪽으로 샤렌 등을 안내하며 말했다.

"초대해 주신 것만으로도 감사한데 괜한 폐를 끼치게 되었습니다."

술이라는 말에 입맛을 다시면서도 이시스는 입에 발린 소리를 했다.

"폐라니요, 무슨 말씀을! 하인들에게 여관의 짐을 아예 이쪽으로 옮겨오라고 했으니 앞으로는 편히 계세요."

"아! 그렇게까지는……."

드리튼이 재빨리 사양을 하고 나섰다.

"은인의 친구 분들을 여관 같은 데 계시게 하면 사람들이 저희 메르타 가를 욕할 거예요. 저희 임시 숙소가 썩 괜찮다고 말씀드릴 수는 없지만 여관보다는 나을 테니 내 집이다 생각하시고 편히 계셔주세요."

브리올렛은 그렇게 결정짓고는 걸음을 재촉했다.

이시스가 은근한 표정으로 샤렌에게 다가왔다.

"미리 짐을 옮겨오라고 말했다니… 저 아가씨 센스가 제법인데? 앞으로 1, 2년만 지나면 대륙에서도 손꼽힐 미인이 될 테고 말이야."

여관 생활이 지긋지긋했던 이시스는 브리올렛의 제안이

꽤나 마음에 든 모양이었다. 게다가 그의 말대로 1, 2년만 지나면 브리올렛은 발군의 미모를 뽐내게 될 게 사실이었다.

"동생 같은 아이야. 쓸데없는 생각 하지 마!"

샤렌이 이시스를 노려보며 말했다. 그의 표정만으로도 내심 어떤 생각을 품은 건지 알 수 있었던 것이다.

"쓸데없는 생각이라니? 설령 친동생이라 해도 이 형이 관심을 가지면 도와줘야 하는 거 아냐?"

"말이 되냐?"

"어라? 너, 친구인 내가 부끄러운 거야?"

이시스가 서운하다는 표정을 지으며 물었다.

"응. 난 네가 부끄러워."

샤렌이 피식 웃음을 터뜨렸다.

"너 이 자식! 우리의 오랜 우정이 고작 이 정도밖에 안 된단 말이냐?"

이시스가 낮은 목소리로 으르렁댔다. 뻔히 농담인 걸 알지만 울컥하지 않을 수 없었던 것이다.

"입장 바꿔서 생각해 봐라. 너 같으면 네 여동생을 내게 맡기겠냐?"

"내가 미쳤……."

미쳤냐고 버럭 소리치려던 이시스가 황급히 입을 다물었다. 결국 자신도 샤렌하고 똑같은 생각을 하고 있었던 것이다.

"하아! 우리의 우정이란 실로 얄팍할지도 모르겠다는 생각이 든다."

이시스가 어깨를 축 늘어뜨렸다. 다소 과장된 표현으로 민망함을 벗어나려는 것이다.

"원래 여자 문제에서만큼은 우리 우정이 그래 왔잖아."

드리튼이 처진 이시스의 어깨에 팔을 얹어 어깨동무를 하며 말했다.

"좋아, 샤렌. 네 도움 없이도 저 꼬마 아가씨를 잘 키워 보이겠어."

"아서라. 너 같은 놈은 100명이 덤벼들어도 저 아가씨를 감당 못할 거다."

"어쭈? 끝까지 날 무시하는 거냐?"

이시스가 다시 발끈했다.

"널 무시하는 게 아니지. 네가 잊고 있는 사실을 말해줄까?"

"내가 뭘 잊었는데?"

"저 아가씨의 부친은 발키리안 지방을 다스리고 계시고, 남부혈맹에게 막강한 정치력을 행사하시지. 게다가 그녀의 오빠는 남부 대륙의 신진 강자 중 최고로 손꼽히고 있고 말이야."

"트, 트라시아의 연구실도 턴 내가 겨우 그 정도에 겁먹을 거 같냐?"

말은 그렇지 않다 하면서도 이시스의 목소리에는 힘이 빠져 있었다.

"가장 중요한 건 그녀가 파괴신의 배우자 운명을 타고났다는 거지."

"……!"

순간 이시스의 안색이 파리해졌다. 브리올렛의 상큼한 매력에 빠져 깜빡 잊고 있었던 것이다.

"잘못된 신화라면서……?"

"그렇든 그렇지 않든 그 신화를 믿는 사람들이 있다는 게 문제 아니겠어?"

"……."

샤렌의 한마디에 이시스의 어깨가 앞서보다 더 처졌다. 터벅터벅 옮기는 걸음도 무거워졌다.

그런 이시스를 보며 샤렌과 드리튼은 눈을 맞추고 웃음을 터뜨렸다. 이시스는 여전히 이시스다웠던 것이다.

Chapter 12

1

밤하늘을 가르는 하나의 인영이 비조처럼 지붕과 지붕 사이를 날았다. 누군가 어둠을 꿰뚫을 안력을 지니고 있다면 가녀린 체형과 굴곡으로 미루어 인영의 성별을 쉽게 구분할 수 있었을 것이다.

인영은 둥근 지붕 한쪽에 내려선 후 몸을 바짝 낮췄다.

"허억, 헉!"

검은 복면으로 얼굴을 가리고 하늘의 별을 한 움큼 쥐어 담은 듯한 두 눈만을 내놓은 인영은 거친 숨을 토해냈다.

그리고는 뒤쪽으로 고개를 돌렸다. 어둠을 개의치 않는 인영의 시야에는 아무것도 보이지 않았다.

일단은 안심할 수 있는 상황.

인영은 더더욱 몸을 낮춰 지붕과 자신의 몸을 밀착시키며 호흡을 골랐다.

'쳇! 대체 어디까지 쫓아올 셈인 거야?'

복면 위로 드러난 눈이 잔뜩 찌푸려졌다. 사위를 경계하는 시야에는 지난 기억의 편린이 환상처럼 떠올랐다 사라져 갔다.

대략 한 달 전쯤, 바람을 타고 떠도는 소문을 들었다. 두 달여 전쯤부터 트라시아의 여성 과학자 한 명이 자신을 쫓는다는 것이었다.

트라시아의 보석이라고 했던가?

아무튼 거창하기 짝이 없는 수식어를 많이 달고 다니는 여자였다.

코웃음을 쳤다.

트라시아의 보석이 아니라 대륙 전체의 보물이라 해도 자신을 잡을 수 없다고 자부했다.

하물며 이 방면(?)의 전문가도 아닌 과학자 따위라면 더더욱 그럴 것이다.

하지만 결과는 완벽하게 예상을 벗어났다.

소문의 여성 과학자는 트라시아 황제 직속의 특무과를 활용했다(대체 얼마나 황제의 총애를 받기에 특무대를 움직일 수 있단 말인가). 최단 기간 내에 방대한 정보를 취합한 후 활동을 시작한 것이다.

이어 특무과의 대대적인 지원을 받은 여과학자는 단숨에 자신에게 근접해 왔다.

그 과정에서도 피해는 막심했다.

훔칠 물건에 대해 조사하는 정보선 셋을 잃었고, 물건 처리를 담당하는 거래선은 무려 다섯이나 박살났다.

그래도 큰 걱정은 하지 않았다. 기본적으로 자신의 진짜 신분과 관련된 곳까지의 접근은 없었던 것이다.

정보 제공자와 거래선은 얼마든지 구할 수 있었다. 그만한 가치가 있는 물건만을 취급하는 자신이었기 때문이다.

와중에도 도둑질은 계속되었다. 밤의 군주라 일컬어지는 사이브라가 고작해야 과학자 나부랭이가 무서워 몸을 사릴 수는 없었다. 일종의 자존심 문제처럼 받아들여지기도 했다.

대묘성(大猫星)이라는 보석이 있다. 크기가 어린아이 주먹만 하고, 모양은 고양이의 눈과 같은 이 보석의 가치는 상상을 초월한다. 한 알에 20만 골드를 웃도는 가격이니 더 이상의 설명은 필요 없을 정도였다.

믿을 만한 정보선을 통해 체트린의 한 공작의 저택에 여섯 개의 대묘성이 있다는 제보가 들어왔다.

물경 120만 골드를 호가하는 보석을 내버려 둘 수는 없는 법.

당연히 체트린으로 향했다.

하지만 자신을 기다린 것은 함정뿐이었다.

완벽하게 가공된 허위 정보에 속고 만 것이다.

그럼에도 밤의 군주 야왕이라는 칭호에 어울릴 실력으로 함정에서는 벗어났다. 여우같은 여과학자가 제법 심혈을 기울인 모양이지만 가볍게 코웃음을 쳐줬다.

감히!

그 정도의 함정으로 이 사이브라를!

하지만 가슴이 철렁한 것은 사실이었다. 허위 정보를 흘렸다는 것은 자신의 비선(秘線)을 파악했다는 뜻이기 때문이었다.

그제야 과학자 나부랭이에 대해 신경이 쓰이기 시작했다. 대체 트라시아의 보석이라 칭송받으며 연구에 매진하던 여자가 왜 자신을 쫓아다니는지 파악할 필요를 느꼈다.

하나의 이름을 들었다.

순정의 하온.

어처구니가 없었다. 결단코 자신이 훔친 물건이 아닌 것이다.

물론 익히 들어 알고 있는 물건이긴 했다.

금액으로는 환산할 수조차 없는 대륙 최고의 보물.

하지만 '실존했을 때에만' 이라는 전제가 붙는 물건이다.

사이브라를 잡기 위해 대륙 전체가 혈안이 되어 있는데, 소문만 무성한 물건을 훔쳐 내기 위해 모험을 할 수는 없는 일이다. 그래서 순정의 하온에는 아예 관심도 두지 않았다.

특히 사건이 발발했을 때 사이브라는 대륙 남부에 있었다. 순정의 하온 도난과 자신과는 전혀 무관했던 것이다.

하지만 그 사실을 누가 믿어주겠는가?

비선들을 통해 사이브라가 순정의 하온을 훔친 게 아니라는 소문을 흘려봤지만 전혀 소용이 없었다.

추격은 계속되었고, 사이브라는 초조질 수밖에 없었다. 이대로 자국으로 돌아갈 수는 없었다.

이사벨이라고 했던가?

그녀가 자칫 자신의 진짜 신분과 관련된 무엇이라도 발견하게 되면 큰일이기 때문이었다. 명성이 드높은 수사관들보다 뛰어난 그녀이니만큼, 눈곱만큼의 실마리도 허용해선 안 된다고 생각했다.

당분간 자중을 하며 진짜 신분으로만 지내기 위해서라도 사이브라는 과감히 꼬리를 자를 필요를 느꼈다.

이에 일말의 흔적조차 남기지 않고 엔살룸으로 향했다.

성전 발발 직전인 엔살룸은 절대라는 수식이 어울리는 강자들이 즐비한 용담호혈.

일개 도둑인 자신이 머물 곳이 아니라 생각할 수밖에 없을 터였다. 그 허를 찌르려는 게 사이브라의 계획이었다.

하지만 사이브라에게 있어서 이사벨은 마녀와 다름없었다. 대체 어떻게 알았는지 순식간에 특무대를 이끌고 엔살룸까지 쫓아왔다.

이대로라면 스스로 지쳐 도주를 포기해야 할 상황.

사이브라는 특단의 방법을 사용하기로 했다. 포위의 구멍을 정면으로 돌파하려 든 것이다.

구멍은 바로 이사벨이라는 여성 과학자.

머리를 쓰러뜨리고 도주하면 당분간 추격을 걱정하지 않아도 될 터였다.

하지만 이마저도 착각이었다.

놀랍게도 이사벨은 바라카를 운용해 당당히 맞서 싸워온 것이다. 시간만 충분했다면 그녀를 제압하는 것은 일도 아니었지만, 불행히도 사이브라에게는 많은 시간이 주어지지 않았다. 이사벨의 주변에는 황제의 특무대가 있었기 때문이다.

애초부터 스스로 밤의 군주임을 자부하며 과학자 나부랭이라 이사벨을 무시한 것 자체가 실수였다. 그녀가 왜 대제국 트라시아의 보석인지 다시 한 번 생각했어야만 했던 것이다.

후회는 아무리 빨라도 늦다는 말이 새삼스레 다가왔다.

"후우, 후우……!"

좁혀드는 포위망 속에 잠시 숨을 고르며 사이브라는 결정적인 이 난국에서 최우선적으로 활로를 찾기 위해 집중하려 했다.

하지만 내심으로 한마디만큼은 하지 않을 수 없었다.

'어떤 놈이 내게 누명을 씌웠는지는 모르겠지만, 걸리기만

하면 뼈에서 살점을 발라내 주마!'

사이브라의 두 눈에서 타오르는 그것은 순수하기 그지없
는 복수의 결의 자체였다.

이어 그녀가 다시 빠져나갈 수 있는 방법에 대해 집중하려
할 때였다.

지붕 위로 떠오른 몇 개의 인영이 사이브라의 시야에 잡혔
다. 확인할 것도 없었다. 포위망을 좁혀오는 트라시아의 특무
대원들이었다.

저쪽에서는 아직 사이브라를 확인하지 못한 상황.

하지만 어둠에 장애를 받지 않는 저들의 안력을 감안할 때,
제아무리 흑의로 몸을 둘러쌌다 해도 그녀가 발각되는 것은
시간문제였다.

다급한 상황에 마음이 절로 급해졌다. 여태껏 한 번도 이런
궁지에 몰려본 적이 없기에 더욱 그랬다.

스스로가 밤의 군주라는 자부심만 버린다면 아직까지 최
후의 한 수는 남아 있다. 그 사실을 상기하며 사이브라는 최
대한의 침착함을 유지하고자 했다. 여기서 당황하면 야왕의
전설은 끝장임을 잘 알기 때문이었다.

그러는 중 사이브라는 한 건물 위쪽에서 휘날리는 깃발 하
나를 발견했다.

반짝.

깃발의 문양을 확인하자, 별을 담은 사이브라의 눈이 맑은

빛을 발했다. 활로를 발견한 것이다.

2

　끼이이익.
　경첩의 비명 소리와 함께 나무로 만들어진 창문이 열렸다. 이어 창문을 통해 가냘픈 인영 하나가 들어섰다.
　트라시아 특무대를 피하는 중인 사이브라였다. 앞서 지붕 위에 몸을 밀착하고 있을 때와는 사뭇 다른 모습이었다. 찢어진 흑의는 어깨가 훤히 보일 정도였고, 얼굴을 가렸던 면사도 간데없었다.
　기나긴 머리카락이 앞으로 흘러내려 얼굴은 잘 보이지 않았으나 찢어진 의복 사이로 보이는 우윳빛 매끈한 피부와 날씬한 몸매만으로도 뭇 사내들의 가슴을 설레게 하기에 충분한 외모였다.
　들어서자마자 방 안을 살핀 사이브라는 잠깐 멈칫했다. 방 안에 세 명이나 되는 청년이 있었던 것이다.
　세 청년의 시선은 모두 사이브라에게 집중되어 있었다. 평소라면 창문을 열기 전에 경첩의 상태를 살피고 기름칠을 해서라도 소리를 죽였을 것이다.
　하지만 지금의 그녀에게는 여유라는 게 주어지지 않았다. 바짝 뒤를 쫓는 자들을 의식하지 않을 수 없었기 때문이다.

만약에 있을지 모를 소동을 생각하면 셋이라는 숫자는 버겁게 다가왔다. 소리를 지르기 전에 셋을 제압하기란 사이브라에게도 마냥 쉽지만은 않았던 것이다.

하지만 최악의 상황만은 아니었다. 다행히 방 안의 인원 모두가 남자였기 때문이다. 게다가 달큰한 주향이 방 안에 가득하다. 셋이 모여 술을 마시고 있었던 것이다. 상황은 자신에게 유리하게 흘러가고 있었다.

'미리 준비해 두길 잘했군.'

사이브라의 면사가 없는 맨얼굴과 찢긴 옷은 특무대 때문이 아니었다. 그녀 스스로가 만약의 경우를 대비했을 뿐이다.

"쉿!"

사이브라는 다짜고짜 입가에 손을 가져다 대며 조용히 할 것을 요청했다.

준수한 세 청년은 사이브라의 바람대로 별다른 소동을 부릴 생각이 없어 보였다. 모두 멀뚱멀뚱 자신을 바라볼 뿐이었다.

그제야 조금 여유를 찾은 사이브라는 뭔가 이상하다는 사실을 깨달았다.

'응? 왜 메르타 가문의 임시 숙소에 북부인들이?'

붉은 머리카락, 붉은 눈의 청년이 남방 복식을 갖춰 입긴 했지만, 세 명 모두 한눈에도 구분되는 북부인들이었다. 성전이 임박한 현 시점에서 메르타 가문의 숙소에 북부 청년 셋이 모여 술을 마시고 있는 게 쉽게 이해될 일은 아니었다.

하지만 지금 중요한 것은 이 청년들이 어째서 이곳에 있느냐가 아니었다. 지붕 위를 뛰어다니며 자신의 흔적을 쫓고 있을 이사벨인가 하는 거머리 같은 여자와 그녀를 따르는 특무대를 따돌리는 게 우선이었다.

그녀는 도톰한 입술에 가져다 대었던 손을 머리 위로 올렸다. 고개를 살짝 기울였다가 들어 올리며 머리에 가져다 댄 손으로 머리카락을 쓸어 넘겼다.

드러난 그녀의 얼굴.

붓으로 그려놓은 듯한 짙은 눈썹이 초승달처럼 휘어져 있고, 깊고 서늘한 눈매는 촉촉이 젖어 있어 선정적인 느낌이었다. 오뚝하지만 콧방울이 동그래 귀여운 느낌을 자아냈으며, 도톰하게 부풀어 오른 붉은 입술은 섹시하게만 보였다. 긴 목선과 풍성한 금발, 흑의 밖으로도 훤히 드러나 보이는 탄력있는 몸매까지 고려하면 그녀는 하나가 아닌 다양한 매력을 발산하는 미인이었다.

얼굴을 드러낸 것은 다분히 의도적인 행동이었다. 세 남자가 자신의 미모에 넋을 잃도록 하기 위함이다. 당연한 결과를 즐기고 싶지만 그녀는 처연한 표정으로 속내를 감췄다.

"사정이 생겨 무례를 범하고 말았어요. 제발 놀라지 마세요."

속삭이는 듯한 목소리.

사이브라 자신이 생각해도 완벽하리만큼 가녀리고 애절한 목소리가 입술 사이로 흘러나왔다.

"……"

세 사람은 아무런 반응도 보이지 않았다. 저마다 눈을 반짝이며 사이브라를 직시할 뿐이었다.

'남부인이든 북부인이든 네놈들도 사내니까……'

여태껏 자신의 얼굴을 본 남자들 중 반하지 않은 사람은 없었다. 하물며 의복의 여기저기를 찢어 속살이 내비치는 지금의 상황에서야 아무 말도 못하기에 충분하리라.

사이브라는 고양이보다 가벼운 걸음을 옮겨 세 사람이 앉아 있는 테이블 쪽으로 다가섰다.

몇 걸음을 옮기는 사이, 그녀의 커다란 두 눈에 눈물이 그렁그렁 맺혔다. 스스로 생각해도 훌륭한 감정의 몰입이었으며 탁월한 연기력이었다.

"제아무리 취객들이라지만 신성한 엔살룸에서 이런 짓을 할 줄은 몰랐던 터라… 흑!"

사이브라는 복받치는 설움에 눈물을 참아내지 못하는 것처럼 표정을 내비치며 어깨를 움츠렸다. 양손으로 얼굴을 가리는 듯한 포즈였으나, 실상은 찢어진 의복 사이로 보이게 될 동그란 어깨선을 강조하기 위함이었다.

손가락 사이로 눈물이 흐르고 거친 호흡에 몇 번에 걸쳐 어깨가 들먹였다. 이쯤이면 어찌 된 건지 사연을 묻든 위로를 하든 한마디쯤 흘러나와야 할 시간이었다.

하지만 테이블에 앉아 자신을 쳐다보는 사내들의 목소리는 들리지 않았다.

'벙어리인가?'

사이브라는 얼굴을 가린 손가락 사이로 세 청년을 힐끔 살폈다.

곱상하게 생긴 사내와 건장한 사내는 자신이 아닌 적발화안의 청년을 바라보는 중이었다. 마치 그가 뭔가 말해주길 기다리는 듯한 태도였다.

하지만 적발화안의 청년은 두 눈을 똑바른 뜬 채 굳은 듯 움직임이 없었다.

'쳇! 새가슴이라 어지간히 놀란 모양이군.'

사내가 지나칠 정도로 놀라 아직까지 제정신이 아니라고 생각한 사이브라는 가까스로 눈물을 삼키는 연기를 해 보이고는 양손을 내렸다.

일단 특무대를 따돌리기 위해서는 소란이 있어서는 곤란했다. 남부 대륙의 명가에 발을 디딘 이상, 특무대가 들이닥칠 일은 없을 것이다.

그렇다고는 해도 가급적 자신이 이곳에 몸을 피했다는 사실을 저들에게 알리지 않는 게 최선이었다. 영원이 이곳에 머무를 수는 없으니까.

"제발 잠시 동안만 모른 척해주세요. 저를 쫓는 악당들이

이 근처에 있답니다. 그들에게 잡히면 전……."

차마 말을 잇지 못하겠다는 식으로 말을 흐리는 사이브라였다. 이와 같은 생략이 사내의 머릿속에는 훨씬 강한 인상을 남길 것이라 기대하고 일부러 말을 줄인 것이다.

이어 사이브라는 슬쩍 곁눈질로 사내의 반응을 살폈다.

씨익.

애절한 자신의 표정을 보고 빨강머리사내가 입꼬리를 당겨 올렸다.

'에? 웃어?'

그것은 분명한 미소였다.

하지만 일반적으로 생각하는 미소와는 뭔가 달랐다. 미묘하게 사람의 심사를 뒤틀리게 하는 웃음이었다.

'뭐야, 이 자식? 생긴 건 멀쩡한데 변태인 건가?'

자신처럼 아름다운 용모를 지닌 숙녀가 흐트러진 옷매무새로 울고 있는데 저따위 웃음을 짓다니!

정신이 나갔거나 변태이거나 둘 중 하나일 가능성이 다분했다. 적어도 사이브라는 그렇게 생각했다.

'흥! 이상한 짓을 하려 들면 소리없이 죽여주마.'

사이브라가 밤의 군주로 불리는 이유는 완벽한 도둑질 때문이었다.

그와 같은 놀라운 절도 행각의 배경에는 바라카가 있었다.

이는 세인들이 결코 모르는 비밀이었다.

누가 있어 한낱 도둑 따위가 바라카를 운용할 수 있다고 생각하겠는가?

바라카를 운용할 수 있다는 것은 곧 필요에 따라 막강한 무력을 발휘할 수 있다는 뜻.

변태 따위에게 당할 이유가 없는 것이다.

독심(毒心)을 품은 사이브라가 언제든 손을 써 세 사내를 일시에 제압할 준비를 마쳤을 때다.

적발화안의 청년이 느릿한 동작으로 움직이는가 싶더니 테이블에 놓인 술잔을 비웠다.

그리고는 기나긴 침묵을 깼다.

"이런저런 거짓말을 늘어놓지 않아도 소란을 피울 생각 없으니 추격자들을 피할 만큼 있다가 가도록 하시오."

정신이상자에게도, 변태에게도 어울리지 않는 차분한 목소리였다.

하지만 그 차분한 목소리가 사이브라의 얼굴을 왈칵 달아오르게 만들었다.

'뭐, 뭐야? 다짜고짜 거짓말이라니?'

한밤중에 아름다운 미녀가 곤란한 상황에 처해 들이닥친다면 그 어떤 사내라도 심적 동요를 보일 수밖에 없다.

거기에 더해 완벽한 연기까지 펼쳤는데, 단박에 자신의 거짓말을 들여다본다는 것은 말이 안 되는 일이었다.

'대체 무슨 근거로?'

사이브라가 당황해할 때, 사내는 무거운 목소리로 한마디를 더 던졌다.

"단, 메르타 가문에 대한 정보를 캐거나 물건에 손을 댈 생각은 하지 마시오!"

사이브라의 두 눈썹 끝이 하늘을 향해 상큼 치켜 올라갔다.

"지금 절 첩자나 도둑 취급 하시는 건가요?"

사실은 도둑이다.

하지만 이 방에는 도둑질을 위해 들어선 것이 아니었다.

사이브라는 거짓말을 들켰다는 수치심과 원래의 목적과 벗어난 지적이 더해져 왠지 모르게 울컥하고 말았다.

사내가 촛불을 반사해 하얗게 빛나는 치아를 드러내며 웃었다.

그의 붉은 눈은 마치 네 자신이 더 잘 알지 않느냐고 묻고 있는 것만 같았다.

"대체 무슨 근거로 절 도둑으로 모시는 거죠? 전 그저 절 쫓는……."

"당신을 쫓는 자들이 치한들이라고 말하고픈 거요?"

이번에도 사람의 기분을 불쾌하게 만드는 미소와 함께 물어오는 사내였다.

"당연하죠. 당신은 지금 제 모습이 보이지 않나요?"

사이브라의 시선이 자신의 찢어진 의복으로 향했다. 이런 꼴을 보고도 도둑이라는 말이 나오느냐는 뜻이었다.

“보이오. 아주 잘! 그래서……."

사내는 사이브라의 얼굴에 시선을 고정한 채로 말을 이었다.

“당신이 치한 따위에게 쫓기는 게 아니라고 말한 거요.”

“그러니까 대체 왜요?”

피식.

‘또, 또! 뭐 저따위 웃음이 다 있는 거야?

사이브라는 단지 미소만으로 심사를 이렇게 뒤틀리게 할 수 있다는 사실을 오늘에서야 처음 깨달았다.

그것도 하나가 아니다. 적발화안의 사내가 요상한 미소를 짓자 양쪽에 있던 두 남자도 따라 웃는다. 마치 서로를 바라보며 연습이라도 한 듯 비슷한 느낌을 자아내는 웃음이었다.

“뭐, 굳이 설명이 필요한 건가?”

적발화안의 사내가 고개를 갸웃거렸다.

곱상하게 생긴 금발사내가 미소 속에서 말했다.

“설명해 줘. 나도 궁금하니까.”

‘뭐야, 저 자식은? 자기는 무슨 내용인지 알지도 못하면서 저 붉은 머리카락을 따라 그렇게 기분 나쁘게 웃었던 거야?

사이브라는 자존심이 와락 상했다. 정상적인 경우라면 저 뺀질뺀질한 빨강머리가 자신을 의심하더라도 옆에 있는 둘이 옹호하고 나서야 했다.

자고로 미인의 호감을 사려는 것이야말로 수컷들의 본성이 아니던가?

Rhapsody Of Cardinal

한데 눈이 번쩍 뜨일 자신의 미모를 보고도 별다른 반응을 보이지 않다가 빨강머리의 말을 믿는 전제하에서 설명을 요청할 뿐이다. 사이브라로서는 상상조차 하기 힘든 일이 일련의 과정 속에 펼쳐지고 있는 것이다.

그때 빨강머리가 입을 열었다.

"우선 당신의 신발! 입자가 곱고 색이 밝은 먼지만 잔뜩 묻어 있소. 가슴 부위를 포함한 옷의 앞면 전체에 묻은 것과 같은 먼지요."

"치한들을 피해 도망치다가 넘어져서 그래요."

사이브라는 옷의 앞섶과 무릎 등에 묻은 먼지를 살피며 재빨리 핑계를 댔다.

사내가 고개를 가로저었다.

"그건 말 그대로 먼지일 뿐이오. 흙이나 모래가 묻은 게 아니지."

"그래요. 먼지라고 쳐요. 그런데 옷과 신발에 먼지가 묻었다고 절 도둑으로 몬다는 뜻이에요?"

사이브라는 저도 모르게 첩자라는 말을 배재한 채 도둑에만 집중하고 있었다.

"흙이나 모래가 아니라 섬유의 틈새에 배어들 정도의 고운 먼지만이 묻어 있다는 것은 당신이 땅을 밟고 뛰어다닌 게 아니라는 말이오. 이는 곧 당신이 담벼락이나 지붕으로만 움직였다는 뜻이 아니겠소?"

“……!”

“게다가 누군가의 시야에서 몸을 납작 엎드려야 할 상황이었겠지. 무릎, 팔꿈치 아래쪽, 가슴과 복부의 먼지가 유독 짙으니까. 이는 결국 당신을 쫓는 자들 역시 담과 지붕을 오갔다는 뜻이고. 술에 취한 치한 따위가 흑의를 입고 허공을 뛰어다니는 여자를 쫓아 담과 지붕에 오른다는 게 말이 된다고 생각하오?”

‘뭐, 뭐야? 지금 날 본 지 얼마나 됐다고 그 많은 걸 다 파악했단 말이야?’

사이브라가 놀라는 사이에도 적발화안의 사내는 말을 계속했다.

“무엇보다 중요한 것은 이곳이 바로 남부 대륙을 지배하는 64명가 중 하나인 미르타 가의 임시 숙소라는 거요. 제아무리 임시 숙소라 해도 호위의 삼엄한 경계가 펼치진 곳인데, 발군의 잠입 능력이 없다면 아무런 소란도 없이 당신이 이 방에 들어올 수는 없었을 거요. 당신이 암가의 영자라면 거짓말보다는 기습이 우선했을 터. 결국 난 당신이 첩자나 도둑이라고밖에 생각할 수 없는걸.”

빨강머리의 마지막 말은 반말이었다.

하지만 사이브라는 그런 사실조차 인지하지 못했다.

어떻게 이런 상황 속에서 저토록 모든 것을 냉철히 관찰, 분석해 낼 수가 있단 말인가!

무엇보다 저 빨강머리가 분명 드러낸 자신의 얼굴을 봤다는 사실이 중요했다. 사내라면 당연히 자신의 얼굴을 보는 것만으로도 넋을 잃고 정신이 혼미해져야만 한다. 예외란 있을 수 없었다.

이는 그녀만의 착각이 아니었다. 사이브라가 아닐 때, 그녀의 신분은 얼굴을 가릴 필요가 없다.

따라서 꽤 많은 사람이 자신의 얼굴을 봤고, 모두가 그녀를 대륙 전체에서 손꼽히는 미녀라고 인정했다.

천상십화(天上十花).

그녀를 포함한 열 명의 대륙 최고의 미인을 일컫는 말이었다. 사이브라가 아닐 때의 그녀는 그 천상십화 중 하나로 당당히 자리매김하고 있었던 것이다.

'그런데 이 남자는 왜!'

옷에 묻은 먼지의 색깔과 입자까지 구분하면서 자신의 얼굴이 가진 아름다움은 느끼지 못한단 말인가!

사이브라는 가슴 깊은 곳에서 불길처럼 일어나는 화를 억눌렀다. 일단은 노기를 진정할 필요가 있었다.

"고작 먼지 하나를 두고 그렇게까지 엉뚱한 생각을 할 수도 있는 거군요. 하지만 제가 누군지 들으시면 도둑이니 뭐니 하는 생각이 전부 착각일 뿐이라는 걸 아실 거예요."

"당신이 누군데요?"

금발에 흰 피부를 가진 사내가 물어왔다.

“이런 처지에 제 소개를 하는 게 우습지만 상황이 상황인 만큼… 어쩔 수가 없군요.”

사이브라는 말을 이어가며 감정을 추슬렀다.

사실 굳이 여기서 신분을 밝힐 이유는 없었다. 그녀로서는 여기에 잠시 머물다가 트라시아의 특무대를 피해 빠져나갈 수만 있으면 그뿐이었다.

하지만 왠지 모르게 저 빨강머리에게 자신에 대해 제대로 인식을 시켜주고 싶었다. 그녀로서는 이 사내가 혼자만의 망상—원래는 정확한 파악이었지만—으로 인해 자신을 첩자나 도둑이라고 단정 지었기 때문에 자신의 진정한 아름다움을 부정하는 거라 생각할 수밖에 없었다.

만약 자신이 도둑이 아님을 확신하게 된다면 그때는 달라지리라.

사이브라는 밤의 군주이기에 앞서 한 명의 여자이기도 한 것이다.

그녀가 입을 열었다.

“전…….”

『카디날 랩소디』 5권에 계속…

Rhapsody Of Cardinal

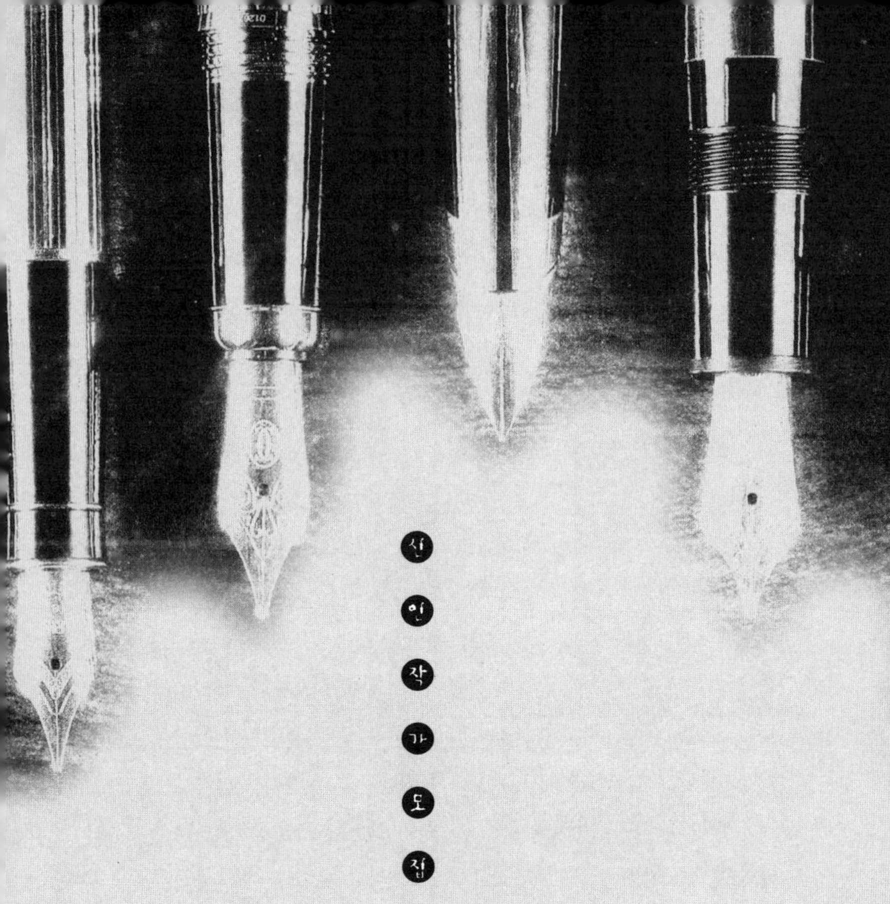

시작이 반이라고 했습니다.
작가의 길에 대한 보이지 않는 벽을 과감히 깨뜨리십시오!
청어람은 작가 지망생 여러분들의
멋진 방향타가 되어드리겠습니다.

저희 도서출판 청어람에서는
소설 신인 작가분들을 모집합니다.
판타지와 무협을 사랑하시는 분들의 많은 참여를 바랍니다.
소정의 원고(A4용지 150매)를 메일이나 우편으로 보내주시면
검토 후 출판 여부를 알려드리겠습니다.

주소:경기도 부천시 원미구 심곡1동 350-1 남성B/D 3F 우편번호420-011
TEL:032-656-4452 · **FAX**:032-656-4453
http://www.chungeoram.com
e-mail:chungeoram@chungeoram.com